대야성 장수
죽죽

대야성 장수
죽죽

달과소

대야성 지킴이 죽죽

대야성터 자락에 오랫동안 발붙이고 서 있는 함벽루에서 아이들 소리가 한여름 더위를 식혔다. 아이들은 발가벗은 채 함벽루 난간에 서서 황강으로 뛰어내리며 멱을 감았다.

입술이 새파래질 때까지 한참동안 멱을 감던 아이들은 젖은 몸에 옷을 걸치고 연호사로 올라갔다. 법당 마루에는 스님과 할머니들이 둘러앉아 도란도란 이야기꽃을 피우고 있었다. 연호사가 지어진 사연과 죽죽 장수에 대한 이야기였다.

옛날이야기를 좋아하는 아이들은 젖은 머리를 긁적거리며 마루 끝에 걸터앉아 이야기에 귀를 기울였다.

그때 그렇게 유난히 이야기 속으로 깊이 빠져든 한 아이가 어른이 되어 글을 쓰면서 죽죽 장수에 대한 이야기를 글로 꾸미고 싶어 했다.

"아버지가 나를 죽죽(竹竹)이라고 이름을 지은 것은 추울 때도 시들지 않고, 꺾일지언정 굽히지 말라함이다. 어찌 죽음을 겁내 하리오."하며 나라와 백성을 위해 대야성을 지키다가 끝내 전사한 대야성 지킴이 죽죽 장수의 이야기를 잊지 못했던 것이다.

　오늘을 살아가는 우리들 가운데서도 죽죽과 같은 인물이 많으면 참 좋은 세상이 되겠다는 생각을 하면서, "기록으로 남은 역사는 진실과 다를 수 있지만, 유물로 남은 역사는 사실에 가깝다."는 말로 맺는다.

2015년 여름 부산에서 소민호

목　차

고집 센 아이 ················· 9

서라벌 ················· 22

성주 김품석 ················· 35

사라진 모척 ················· 49

갈등 ················· 63

불에 탄 밤하늘 ·················74

대야성의 운명 ·················89

꽃을 피운 대나무 ················· 100

민심 ················· 114

되찾은 대야성 ················· 123

복수의 눈빛 ················· 132

흔적 ················· 142

고집 센 아이

높은 산에 겹겹이 싸인 작은 마을이다. 산이 높은 만큼 골짜기도 깊다.

골짝 마을 사람들은 아침에 눈을 떠서 잠잘 때까지 산과 손바닥으로 가려도 될 만한 한 자락 하늘만 보고 산다. 덤으로 서쪽 산자락에 산바람 따라 물결처럼 일렁이는 대숲과 동쪽엔 자연이 빚어 놓은 바위산이 버티고 있고, 둘러선 산에는 사계절을 알리는 나무들이 빼곡하다.

봄이 되면 산나물을 캐고, 가을에는 여름 내내 속을 채운 낱알과 열매를 따서 겨울을 난다.

돌담을 따라 꾸불꾸불 드러누운 고샅길에는 몇 안 되는 아이들 소리가 말갛게 들린다. 얼음으로 덮인 마을 앞 개울물도 돌돌 소리를 내며 흐른다.

하지만 어른들의 얼굴빛은 구름 낀 겨울 날씨처럼 어둡고 추워 보였다.

"휴, 이래서야 내년 봄을 어찌 지낼꼬!"

"봄은커녕 겨울나기도 버거워."

고샅길 : 시골 마을의 좁은 골목길. 또는 골목 사이.
말갛다: 산뜻하게 맑다.

"우리 집에는 쌀 떨어진 지 오래야."

마을 사람들의 걱정이 하늘을 찔렀다. 삿갓 하나만 엎어 놓아도 보이지 않을 만큼 작은 논뙈기마다 가뭄이 든 것이다.

그런 가운데서도 아이들은 대밭과 산자락을 뛰어다니며 놀았다. 아이들 소리를 시기라도 하듯 날씨가 서릿발을 세웠다. 노루 꼬리만큼 짧은 겨울해 가 서산으로 뉘엿뉘엿 넘어가자 아이들이 모두 집으로 돌아갔다.

이어서 아이들이 놀던 대밭에 비둘기들과 참새 떼가 무리지어 날아들었 다. 재재거리는 소리가 마치 질그릇에 콩 구르는 소리처럼 들렸다.

시간이 얼마나 지났을까, 어둠이 깔리자 대밭은 조용했다. 참새들도 잠이 든 모양이다.

그때였다. 검은 그림자들이 발자국 소리도 내지 않고 대밭으로 모여들었다. 몇몇 그림자들은 대밭 가에서 기다리고 나머지는 대밭 안으로 들어섰다. 대밭 으로 들어선 그림자들은 재빠르게 흩어져서 두 손으로 대나무 하나씩을 붙들 었다.

"시작!"

한 사람의 신호에 따라 사람들은 붙들고 있던 대나무를 힘껏 흔들었다.

그러자 대나무 위에서 후두두둑 소리를 내며 뭔가가 떨어졌다.

"떨어진다!"

사람들 함성과 대나무 몸 비비는 소리가 어두운 밤하늘을 흔들었다.

서릿발: 겨울철에 땅속의 수분이 얼어 성에처럼 되어 기둥 모양으로 뻗어 있는 것.
질그릇: 잿물을 덮지 아니한, 진흙만으로 구워 만든 그릇. 겉면에 윤기가 없다.

"빨리 잡아!"

이어서 바깥에서 기다리던 사람들은 관솔불과 가마니를 들고 대밭에 들어섰다.

"빨리 주워 담자!"

"야아, 오늘은 많다!"

사람들은 땅에 떨어진 것을 불빛으로 찾아 가마니에 주워 넣었다.

가마니가 들썩거렸다. 비둘기와 참새들의 몸부림이었다.

마을 사람들은 해마다 겨울이 오면 이렇게 새 사냥을 했다. 참새와 비둘기 고기는 토끼고기와 함께 마을 사람들의 훌륭한 겨울철 양식이 되었던 것이다.

시간이 멈춰 버릴 것 같던 산골 마을에도 바늘 끝 같은 겨울이 고개를 숙이고 뒤이어 봄이 성큼 다가왔다.

앙상하던 나뭇가지에서 새순이 돋고, 얼었던 냇물이 녹아 소리를 내며 흘러내렸다. 앞산과 뒷산에는 봄꽃이 물감을 뿌려 놓은 듯 흐드러지게 피었다.

"죽순 캐러 가자."

"우리는 송기 벗기러 가자!"

마을 사람들은 괭이를 들고 대나무 숲으로 들어갔다. 아이들과 여자들은 작은 칼과 소쿠리를 들고 산에 올라갔다.

"아니, 이게 뭔가?"

관솔불: 소나무나 잣나무에서 분비되는 끈적끈적한 액체를 송진이라 하는데, 이렇게 송진이 엉긴 소나무 가지에 붙인 불을 말함. 비슷한 말로 솔불이 있음.
송기: 소나무의 속껍질. 먹을 게 없던 시절 이것으로 떡이나 죽을 만들어 먹음.

"응, 꼭 벼이삭 같이 생겼구면."

"허허, 이게 대나무 꽃이구나! 말은 들었어도 내 평생에 대나무에 꽃피는
건 처음 보네!"

대나무 가지 사이로 벼이삭 같은 꽃이 드문드문 피었다. 노르스름한 꽃송이는 제 무게를 이기지 못하고 고개를 숙이고 있었다.

"죽순은 없고 꽃만 피었구나!"

"올해는 죽순 캐는 일은 그만둬야겠다."

"웬걸, 몇 해 동안 죽순 구경은 못 하게 생겼어."

사람들은 대나무를 붙들고 댓잎이 썰어 놓은 조각난 하늘을 쳐다보았다.

"대꽃이라도 따자."

"이 흉년에 뭘 먹고 살아!"

어른들의 한숨 소리는 길었다.

사람들은 죽순 대신 대꽃을 따서 소쿠리에 담았다.

"이보게들, 대꽃은 그만 따게. 봉황의 먹이를 우리가 없애서야 되겠나!"

마을에서 가장 나이가 많은 노인이 지팡이를 짚고 나타났다. 머리가 하얀 노인은 그윽한 눈길로 대나무 꽃을 바라보았다.

"이 꽃이 지고 나면 열매가 맺힐 것이네. 그 열매가 바로 봉황의 먹이란 말일세."

그만큼 귀한 꽃이고 열매라며 덧붙여 말해 주었다.

마을 사람들은 달짝지근한 대꽃 따기를 멈췄다.

"어르신, 대나무에 꽃이 피면 나라에 큰 변고가 생긴다던데……?"

마을 사람들 눈길이 노인에게로 쏠렸다.

변고: 갑작스러운 재앙이나 사고.

"그런 말 때문에 절망하는 사람들만큼 어리석은 사람이 없지. 옛날부터 어지러운 세상이 되면 대나무가 꽃을 피웠어. 꽃이 진 자리에 낟알처럼 열매가 맺히면 천 년을 산다는 봉황이 날아와서 따 먹는다고 했네."

노인은 대나무 열매를 먹은 봉황이 힘을 내면 사람들도 함께 용기를 낸다고 했다.

그렇게 며칠이 지나자 대밭은 온통 대나무 꽃으로 뒤덮이더니 며칠 뒤에는 꽃 진 자리에 수수처럼 이삭이 맺혔고, 이어서 댓잎들이 하얗게 말라 들어갔다. 대나무가 죽은 것이다.

"내년에는 죽순 구경도 구경이지만, 참새 사냥도 끝인가 보군!"

사람들은 칡뿌리를 캐러 산으로 올라갔다. 산에는 먹을거리가 많다. 아이들은 낮은 산에서 잔대나 도라지를 캤다. 부드러운 송기도 벗겨 소쿠리에 담았다.

"야, 천석아. 소나무 목을 자르면 어떡해!"

하늘로 치솟는 소나무 목을 낫으로 자르는 아이를 보고 몸집이 작은 아이가 소리쳤다.

"이게 부드러운 송기가 많아."

"그러면 그 나무는 죽거나 곧게 자라지 못해!"

"그게 죽죽이 너랑 무슨 상관이야!"

천석이라는 아이가 죽죽이라는 아이 가슴을 왈칵 밀었다. 그 바람에 죽죽은 뒤로 벌러덩 넘어져 엉덩방아를 찧었다.

봉황: 예로부터 중국의 전설에 등장한다. 복되고 운이 좋은 일이 일어날 것을 암시하는 상상의 새.
수컷을 봉, 암컷을 황이라 한다.
잔대: 초롱꽃과의 여러해살이풀로 어린잎은 먹기도 한다.

"왜 때려!"

죽죽이 벌떡 일어나서 똑같이 천석이의 가슴을 쥐어박았다.

그렇게 두 아이는 뒤엉켜 싸움이 벌어졌다.

"왜, 또 싸워?"

어른들이 말렸다.

두 아이는 씩씩거리며 싸움을 멈췄다.

"죽죽이 너는 왜 만날 싸움이냐?"

"제 마음에 안 들면 싸우는 아이 아닌가?"

"성질이 제 이름처럼 대쪽 같아서 그렇지 뭐!"

송기를 벗기던 어른들이 죽죽이를 나무랐다.

"그런 소리 하지 말게. 여태 죽죽이가 틀린 말을 하는 거 봤는가? 요즘 같은 세상에 저렇게 올곧은 아이도 드물지"

머리가 허연 노인이 사람들의 말을 막았다.

"쳇, 먹고 살기도 힘든데 올곧은 게 뭐 필요해!"

"곧 해가 질 것 같아. 내려가세."

사람들은 입을 삐죽이며 노을을 등지고 산을 내려왔다.

"이 마을에 묵어갈 만한 곳이 없소?"

마을에 들어서는 사람들 앞에 한 노인이 길을 막고 섰다. 두건 아래로 보이는 머리는 하얗고 얼굴은 웃음기가 배어있는 온화한 모습이었다. 하지만 온화하

나무라다: ①잘못을 꾸짖어 알아듣도록 말하다. ②흠을 지적하여 말하다.

고 인자해 보이면서도 쉽게 다가갈 수 없는 위압감과 당당한 모습도 있었다.

그 노인의 뒤에는 단정한 옷차림의 장정 한 사람이 서 있었다.

"보시다시피 여긴 산골 작은 마을입니다."

사람들은 노인의 옆을 스쳐 각자의 집으로 갔다.

노인은 눈만 껌벅거릴 뿐 더는 아무 말도 하지 못했다.

"어르신, 저의 집에 가시지요."

죽죽이었다. 뒤에서 송기 소쿠리를 들고 지켜보던 죽죽이 노인에게 다가갔다.

"허허, 고맙구나. 이름이 무엇이냐?"

"죽죽이라고 합니다."

죽죽이 까만 눈을 깜박이며 노인을 쳐다보았다.

"음, 이름이 참 좋구나."

노인은 빙그레 웃으며 죽죽의 뒤를 따라갔다. 싸리나무 울타리와 근처에서 많이 나는 마른 억새풀 줄기를 엮어 덮은 지붕에 돌담으로 지은 작은 집이었다. 아래채도 작은 방과 함께 헛간이 옆에 붙어 있었다.

"아버지, 손님 오셨습니다."

죽죽이 뛰어 들어가며 소리쳤다.

"손님이라니……?"

방문을 열고 내다보던 죽죽의 아버지가 마당에 선 두 사람을 보고 말을 멈췄다.

위압감: 위엄이나 힘 따위로 압박당하거나 정신적으로 억눌리는 느낌.

"염치없이 아이를 따라 들어왔습니다. 우리는 대야주에 왔다가 이곳에 잠깐 들렀습니다. 하루 묵어갈 수 있게 허락해 주시면 고맙겠습니다."

노인은 정중히 인사를 하고 하룻밤 자고 가기를 원했다.

"이런 누추한 곳에 어떻게……, 하지만 워낙 깊은 산골이라 마땅히 묵으실 곳이 없으니 들어오십시오."

죽죽 아버지는 서둘러 헛간 옆에 붙은 방을 쓸고 닦았다.

"자주 안 쓰는 방이라서……."

죽죽 아버지 이마에는 땀방울이 송골송골 맺혔다.

"아닙니다. 이렇게 방을 내주셔서 감사합니다."

노인은 방으로 들어서며 인사를 잊지 않았다.

"대야주에 다니러 오셨다면……?"

죽죽 아버지가 두 사람을 훑어보며 말꼬리를 흐렸다.

"예, 우리는 서라벌에 사는 사람들인데,
대야주에 왔다가 이곳 경치가 좋다고들 해서 구경하러 왔습니다."

"아, 그렇습니까. 저는 학렬이라고 합니다."

죽죽 아버지가 인사를 하며 노인을 찬찬히 훑어보았다. 머리에는 귀족들이 쓰는 두건을 썼고, 옷차림은 수수하면서도 단정했다. 두건 옆으로 비집고 나온 흰 머리카락과 길게 자란 흰 수염 때문에 인자하면서도 근엄해 보였다.

"저는 알천이라고 합니다. 그리고 이 사람은 저의 길동무입니다."

대야주: 현재의 경남 합천이다. 대야성(大耶城), 대량주(大梁州) 등의 이름으로도 불렸다.

"어르신을 모시고 다니는 등도입니다."

두 사람도 정중히 인사를 했다.

"학렬, 집에 있는가?"

그때 밖에서 죽죽 아버지를 부르는 소리가 들렸다.

"무슨 일인가?"

죽죽 아버지가 방문을 열고 나갔다.

"죽죽이 저 녀석 좀 어떻게 할 수 없는가?"

찾아온 사람은 산에서 송기를 벗기다가 죽죽이랑 싸운 아이 아버지였다.
죽죽 아버지는 그 사람 말을 듣고 죽죽이를 불렀다.

"너 이 녀석, 또 천석이하고 싸웠어?"

"천석이가 소나무 목을 꺾어서 송기를 벗겼습니다. 그러면 소나무가 바로
자랄 수 없다고 어른들이 말씀하셨잖습니까?"

"그렇다고 싸움까지 할 건 없지 않느냐?"

"천석이가 끝까지 제 잘못을 인정하지 않았습니다."

죽죽은 조금도 물러설 기색이 없었다.

"때에 따라서는 그럴 수도 있다고 여기고 그냥 지나가는 것도 괜찮아!"

학렬은 자신의 잘못이 없다고 우기는 아들 죽죽을 보며 머리를 흔들었다.

"나중에 커서 뭐가 되려고 저러노?"

따지려고 왔던 사람도 머리를 흔들고 돌아가 버렸다.

"죽죽아, 작은 일은 못 본 척 하고 넘어가면 안 되겠느냐?"

"그건 작은 일이 아닙니다. 몇 십 년을 살아갈 소나무의 목숨이 달린 일입니다."

"이 녀석아, 소나무가 사람보다 귀해? 제발 따지고 싸우지 마라!"

"어찌 잘못을 보고 그냥 지나칠 수 있습니까? 아버지께서 꺾일망정 휘지는 말라고 지어주신 이름을 저는 더럽히지 않을 겁니다."

한편 사랑방에서 노인이 두 사람의 이야기를 들으며 빙그레 웃고 있었다.

"허허허, 죽죽이라……, 그 녀석 이름값 좀 하겠구먼!"

다음 날 노인은 떠나려고 사립문을 나섰다.

"누추한 방에서 많이 불편하셨지요?"

"아닙니다. 조용한 곳에서 잘 쉬었다 갑니다."

노인은 죽죽 앞에 봉투 하나를 내밀었다.

"이게 무엇입니까?"

"우리가 이렇게 만난 것도 인연인데, 그 인연을 나라에 보태고 싶구나. 네가 신라를 위해 일하고 싶을 때는 언제든지 찾아오너라."

노인은 자신을 찾아올 집 주소가 들어 있는 문서라고 했다.

죽죽은 봉투를 두 손으로 받아들고 허리를 숙여 인사를 했다. 죽죽 아버지도 동구 밖까지 따라 나가서 배웅을 했다.

사립문: 나뭇가지를 엮어서 만든 문.

서라벌

노인이 다녀간 지 5년이 지났다. 깊은 골짜기 산자락마다 분홍빛 진달래며 노란 생강나무 꽃이 흐드러지게 피는 어느 봄날 아침이었다.

열네 살이 된 죽죽은 함 속에 넣어 두었던 봉투를 꺼냈다.

"아버지, 어머니, 건강하게 잘 계십시오. 소자, 서라벌에서 열심히 살겠습니다."

죽죽은 짐을 챙겨 나섰다.

"네가 오랫동안 생각해서 결정한 일 아니냐."

죽죽의 아버지 학렬과 그의 아내가 어린 아들을 배웅하며 눈물을 흘렸다.

"너무 걱정하지 마십시오."

죽죽은 허리를 숙여 인사를 한 뒤 사립문을 나섰다. 어머니의 흐느낌이 뒷덜미를 잡아챘다.

죽죽은 잠깐 발걸음을 멈췄다가 뒤도 안 돌아보고 빠른 걸음으로 마을을 빠져나갔다. 대야주까지도 한나절이 걸리는 터라 빠른 걸음으로 걸어야 이

틀 만에 서라벌까지 갈 수 있다.

아침 안개가 아직 걷히지 않은 골짜기를 빠져나가자 악견산이 버티고 섰다. 조각을 해 놓은 것 같은 바위들이 키 자랑을 하는 악견산 꼭대기에는 짙은 안개가 감싸고 있어서 한층 신비로웠다.

"야, 참 멋지다!"

죽죽은 혼자 중얼거리며 악견산 자락을 돌아 개울을 따라 내려갔다. 물소리 새소리를 들으며 발걸음을 재촉하는 죽죽의 이마와 콧등에는 쌀쌀한 봄바람을 뚫고 이슬 같은 땀방울이 송골송골 맺혔다.

얼마나 걸었을까, 저 멀리 대야성이 남정강 물줄기를 내려다보고 있다. 성벽보다 성을 받치고 있는 취적산 자락 절벽이 더 높다. 깎아지른 듯한 절벽이 바람의 접근도 허락하지 않을 것 같았다.

성곽 위에는 신라의 병사들이 창을 들고 지켰다.

죽죽은 걸음을 멈추고 성을 바라보았다.

"어르신 말씀대로 나라를 위해 내가 할 수 있는 일이 무엇일까?"

혼자 중얼거리던 죽죽은 가슴을 만졌다. 품속에는 5년 전 노인이 준 봉투가 들어 있었다.

죽죽은 대야주를 지나 북서쪽으로 발길을 재촉했다. 서라벌이 가까워질수록 길이 점점 넓어졌다. 달구지가 지나다닐 만큼 넓었다. 곳곳에 말발굽이 찍혀 있었고, 발이 푹푹 빠질 만큼 흙이 푸슬푸슬 파여 있었다.

죽죽은 산 고개와 내를 건너 서라벌을 향해 쉬지 않고 걸었다. 어머니가 싸준 주먹밥도 걸으면서 먹었다. 목이 마르면 산골짝에서 흘러내리는 개울물로 목을 축였다.

"아, 저기가 압량주구나. 이야, 저게 다 논이란 말인가! 참으로 너르다. 끝이 안 보이네!"

죽죽은 노을빛에 물든 압량주 너른 들을 보고 입을 딱 벌렸다. 대야주에서도 한나절이나 들어가야 하는 산골짝 마을에서 삿갓으로도 덮을 만큼 작은 논뙈기만 보고 살았던 죽죽의 눈에 압량주의 너른 들판은 새로운 세상으로 다가왔다.

"압량주 사람들은 만날 쌀밥만 먹겠구나."

죽죽은 모내기를 한 논을 보고 입맛을 다셨다.

"이러고 있을 게 아니지. 빨리 묵을 곳을 찾자."

너른 들 한쪽으로 큰 마을이 있었다.

"가다가 늦으면 어느 집이든 들어가서 사정을 말하고 쉬어가도록 하여라."

걱정이 가득 담긴 아버지의 말이 떠올랐다.

죽죽은 옷깃을 매만진 뒤 작은 초가에 들어섰다. 마당에는 나이가 많은 할아버지와 할머니가 멍석을 말고 있었다.

"어르신, 지나가다가 날이 저물어 들렀습니다."

죽죽은 말아 놓은 멍석을 덜렁 들고 할아버지 눈치를 보았다.

압량주: 신라 시대 고을의 이름. 현재 경상북도 경산시를 말한다.

"허허허, 어디를 가도 미움은 안 받겠구먼!"

할아버지는 멍석 둘 자리를 가리키며 웃었다. 할머니도 합죽하게 웃으며 고개를 끄덕였다.

"어디를 가는 길인가?"

할아버지가 방으로 들어오라고 손짓을 하며 물었다.

"예, 저는 대야주에서도 산골짜기로 한나절을 들어가야 만나는 작은 마을에 사는 죽죽이라고 하는데, 서라벌에 가다가 날이 저물어 하룻밤 묵어가려고 들렀습니다."

죽죽도 쭈뼛거리지 않고 할아버지를 따라 방으로 들어갔다. 방은 작았지만, 깨끗하게 정돈이 되어 있었다.

"마침 잘 됐네. 우리도 저녁을 먹을 참이었어."

죽죽은 그렇게 압량주 작은 초가에서 마음씨 좋은 할아버지 할머니와 함께 하룻밤을 편안하게 지냈다.

다음날 아침이 되었다.

"여기서도 서라벌까지 가려면 하루가 꼬박 걸릴 것이야. 서둘러 떠나게!"

할머니가 주먹밥까지 싸서 주며 배웅을 했다.

죽죽은 처음 먼 길을 떠나면서도 좋은 추억으로 기억할 수 있어서 참 행복했다.

그렇게 얼마나 걸었을까, 압량주 들길을 벗어나 산길로 접어들었을 때였

_____

합죽하다: 이가 빠져 입술과 볼이 오므라져 있다.

다. 말발굽 소리가 요란하게 들리더니 날렵한 청년들 한 무리가 말을 타고 바람처럼 지나갔다. 머리에는 장끼의 꼬리깃털을 양쪽으로 꽂은 단정한 옷차림이었다.

"아이쿠, 깜짝이야!"

죽죽은 달리는 말을 피해 길옆으로 물러섰다. 흙먼지가 뿌옇게 일어 눈앞을 가렸다.

"야, 말들이 참 빠르구나!"

죽죽은 먼지를 뒤집어쓴 채 서라벌을 향해 걸음을 재촉했다.

그렇게 걸어서 도착한 서라벌에는 기와집들이 늘려 있었다. 그것도 대궐 같은 집들이다.

"이렇게 구경만 할 게 아니라, 날이 더 저물기 전에 그 어른의 집부터 찾자."

죽죽은 노인이 준 문서를 들고 기와집들이 많은 곳으로 들어갔다. 길도 잘 닦여 있었고, 사람들도 많았다.

"저, 이곳을 찾아가려고 합니다."

죽죽이 지나가는 사람을 붙들고 문서를 보여줬다.

"이 집은……?"

그 사람은 죽죽의 아래위를 훑어보며 고개를 갸웃거렸다.

"왜 그러십니까?"

"허허허, 이 집을 찾아도 들어가기 쉽지 않을 게다!"

그 사람은 손가락으로 길을 가리키며 걱정을 했다.

죽죽은 그 말을 듣고 제 모습을 훑어보았다. 이틀 동안 걸으면서 먼지를 뒤집어써서 지저분하기도 하지만, 서라벌 사람들과 비교해 보면 본래의 차림이 초라했다.

"아닐 거야. 그런 어른이라면 우리 집에서 어떻게 하룻밤을 주무셨어. 꼭 만나야 해!"

죽죽은 아랫입술을 깨물며 용기를 내어 찾아갔다. 길을 건너고 골목을 지나서 큰 집 앞에 멈춰 섰다.

"헉, 집이야, 대궐이야?"

죽죽은 입만 딱 벌리고 그 자리에 장승처럼 섰다. 처음으로 그렇게 큰 집을 본 죽죽은 몇 년 전에 만났던 그 노인을 떠올려 보았다.

"정말 이런 집에 살면서도 우리 집에서 아무렇지도 않게 하룻밤을 지낼 수 있었을까?"

죽죽은 집 대문 앞에 서서 고개만 갸웃거렸다.

"너는 누구냐? 누군데 남의 집 앞에 이렇게 서 있는 거야?"

어떤 남자가 나타나서 죽죽의 어깨를 툭툭 쳤다.

"아, 저…… 저, 이 집 어른을 만나 뵈려고 왔습니다."

"이 집 어른을……?"

그 사람도 죽죽의 차림을 보더니 고개를 갸웃거렸다.

"예, 몇 년 전에 어른께서 저의 집에 오셔서 한 번 찾아오라고 하셨습니다."

죽죽은 노인이 써 준 문서를 내보였다.

그때였다.

"어, 너는 죽죽이 아니냐?"

노인과 함께 만났던 등도라는 사람이었다. 허리에는 칼을 차고 있었다.

"아, 등도 아저씨, 안녕하셨습니까?"

"그래, 어른께서 간간이 너에 대해 궁금해 하셨다. 들어가자."

죽죽은 등도를 따라 집으로 들어갔다. 대문을 들어서자 집들이 여러 채 있었다. 대문도 하나가 아니었다.

한참을 들어간 두 사람은 큰 방문 앞에 멈췄다.

"어르신 죽죽이 왔습니다."

등도가 허리를 숙이며 방문을 향해 말했다.

"오, 그러냐. 안으로 데리고 오너라."

귀에 익은 목소리다. 그리고 반가워하는 목소리 때문에 먼 길에 지친 몸과 마음이 새로운 힘을 얻었다.

방에 들어서자 노인은 들고 있던 책을 내려놓으며 반겼다.

"오느라고 고생했구나. 여기 앉아라."

노인은 그동안 어떻게 지냈는지 이것저것 물어본 뒤 사람을 불렀다.

잠시 뒤 하인 한 사람이 들어섰다.

"얘를 편히 쉴 방으로 안내하여라."

"예, 어르신!"

하인이 허리를 숙여 대답했다.

"얘야, 너도 불편한 게 있으면 저 사람들한테 말하여라."

"예."

죽죽도 인사를 하고 하인을 따라갔다.

마당을 두 개나 지나고 작은 문을 여러 개 지나 방에 들어섰다. 방 하나가 죽죽이네 집터보다 컸다.

"옷을 갈아입고 옆방으로 오십시오. 목욕물 데워 놓았습니다."

죽죽은 하인이 시키는 대로 옆방으로 갔다. 거기는 목욕을 할 수 있도록 큰 나무통과 물을 데우는 가마솥이 있었다.

그렇게 죽죽은 그 집에서 며칠 동안 지냈다. 일하는 하인들이 끼니때마다 밥상을 차려 방에까지 갖다 주었다. 세수할 물도 떠다 주고 갈아입을 옷도 챙겨 주며 죽죽이 불편하지 않게 시중을 들었다.

죽죽은 생전 처음으로 남의 시중을 받아보는 터라 마음이 편하지 않았다. 무엇에 쫓기는 것처럼 초조하고 가슴에 돌멩이를 얹어 놓은 것처럼 무거웠다.

"제가 하겠습니다."

방 청소를 하려고 들어온 하인에게 걸레를 뺏듯이 받아들었다.

"안 됩니다. 도련님은 귀한 몸입니다."

그 하인은 펄쩍 뛰며 걸레를 돌려달라고 했다.

"아닙니다. 저만 귀한 게 아니고 사람은 누구나 귀합니다."

죽죽은 방바닥에 엎드려서 걸레질을 했다. 하인은 고개를 갸웃거리며 청소를 도와주었다.

그렇게 사흘이 지났다. 노인이 죽죽을 불렀다.

"그동안 지내기가 불편하지 않았느냐?"

"예, 잘 지냈습니다."

노인은 죽죽을 보고 빙그레 웃었다. 참 인자한 웃음이었다.

"사람은 누구나 귀하다고 네가 말했다지?"

노인이 죽죽의 얼굴을 빤히 들여다보고 물었다.

"예, 아버지께서 벌레 한 마리도 소중하게 여기라고 하셨습니다."

"그래, 그런 것들은 사람을 위해 존재하는 게 아니겠느냐?"

"저는 그게 아니라고 생각합니다. 사람이든 벌레이든 이 세상에 태어날 때는 그만한 가치가 있기 때문이라고 생각합니다."

노인은 고개를 끄덕이며 죽죽을 바라보았다.

다음 날이었다. 죽죽은 노인을 따라 병사들이 많은 곳으로 갔다. 고함 소리와 기합소리, 창과 칼이 부딪치는 소리로 가득한 훈련장이었다.

"부제, 내가 말하던 아이가 바로 이 아이네. 낭도로 받아들여서 훈련을 시키게."

"예, 상대등 어른, 풍월주께 말씀드리겠습니다."

그날부터 죽죽은 낭도라는 신분으로 화랑들과 함께 훈련을 받았다. 아침에 눈을 뜨면 산을 뛰어다녔고, 낮에는 말 타기와 검술을 익혔다. 이어서 저녁 늦은 시각까지 화랑이 지켜야 할 일들도 익혔다.

그렇게 세월이 몇 년 흘렀다. 죽죽은 낭도로 들어가서 낭두를 거쳐 화랑으로 훈련을 마쳤다.

낭도: 화랑도. 화랑이라는 말은 '꽃처럼 아름다운 남성'이라는 뜻이며, 화랑도는 그러한 남자들이 모인 신라 시대의 청소년 수양 단체를 말한다. 좋은 가문에서 자란 학식이 있고 단정한 외모의 젊은이들을 모아 몸과 마음을 단련하고 신라를 앞장서서 이끌어가도록 교육했다. 단체정신이 매우 강한 청소년 집단으로서 교육적·군사적·사교단체적 기능을 가지고 있었다.

낭두: 화랑도 조직 중 화랑과 낭도 사이에 위치한 화랑도의 중간 세력 집단.

"수고했구나. 이제 신라의 화랑으로서 나라를 위해 목숨을 바칠 각오가 되었겠지?"

풍월주가 훈련을 마치는 화랑들을 모아 놓고 훈시를 했다. 신라를 위해 각자의 자리로 가서 배운 대로 실천을 하라고 했다.

"상대등 어른, 친히 여기까지 나오셨습니다."

풍월주가 노인에게 깍듯이 인사를 했다.

"오랜만에 화랑들의 늠름한 기상을 보니 옛날 생각이 나는군!"

상대등이라는 자리가 매우 높다는 걸 죽죽은 풍월주를 보며 알았다. 화랑에서는 풍월주가 가장 높은 사람이다. 거기다가 신라에서도 왕 다음으로 몇 번째의 자리다.

"상대등이라면 얼마나 높은 사람이기에 풍월주 어른이 저렇게 깍듯한가?"

죽죽이 낮은 목소리로 옆에 있는 화랑에게 물었다.

"상대등 알천공은 왕 다음으로 높은 분이라네."

죽죽은 아무 말도 하지 않았다. 온몸이 얼음이 된 것처럼 뻣뻣하게 굳어버리는 것 같았다.

'저런 분이 우리 집에서 하룻밤 주무셨다니……!'

죽죽이 생각에 잠겨 있는 동안 화랑들은 신라를 위해 제 몸을 바쳐야 할 곳으로 떠났다.

"죽죽, 너는 대야주에 있는 대야성에서 지내도록 하라!"

풍월주가 죽죽의 이름을 부르며 대야성으로 가라고 했다. 상대등도 빙그

훈사: 상관이 아랫사람들에게 가르쳐 보이거나 타이름.
상대등: 신라 때에, 나라의 정권을 맡았던 으뜸 벼슬. 또는 그런 벼슬아치. 화백과 같은 귀족회의 의장도 겸하였다.

레 웃으며 죽죽을 바라보았다.

죽죽은 후들거리는 다리를 겨우 진정시키고 앞으로 나갔다.

"먼저 나랑 집에 가서 네 짐을 챙기도록 하여라."

죽죽은 그렇게 상대등 알천공 집에 가서 짐을 챙겼다.

"죽죽아, 이제 너는 신라의 늠름한 병사가 되었다. 화랑의 정신을 잃지 말고 너의 책무를 다하여라."

알천공이 죽죽의 손을 잡았다. 젊었을 때 칼을 잡았던 손이라 그런지 강한 힘이 느껴지면서도 부드럽고 따뜻했다.

"예, 어르신께서 베풀어주신 은혜를 나라와 백성에게 다시 돌려주겠습니다."

"허허허, 많이 의젓해졌구나. 언제나 그 마음을 잃지 말거라. 초심 말이다!"

"예, 어르신."

죽죽은 상대등 알천공의 배웅을 받으며 서라벌을 떠나 대야주 대야성으로 갔다.

성주 김품석

죽죽이 병사 조위로 와서 사지가 될 때까지 지켜온 대야성 아래에는 남정 강이 소리 없이 흘렀다. 여느 해보다 여름 가뭄이 심해서 강폭이 좁아지고 수심도 얕아졌다. 이미 갈마산 아래 강변 쪽에 드러난 강바닥에는 강물이 실개천처럼 흘렀다.

그나마 대야주를 둘러싸고 있는 취적산 자락 대야성 밑에는 수심이 깊었다. 절벽을 감아 도는 강물도 흐름이 빨라 맨몸으로는 쉽게 접근할 수 없었다.

이런 천혜의 요새 대야성 성곽에서 신라 군사들이 밤낮을 가리지 않고 강 건너 갈마산을 노려보고 있었다. 대야성 눈높이인 갈마산 등성이에서 백제 군 진영을 알리는 만장과 깃발이 펄럭이며 대야성을 지키는 신라군의 신경 을 자극했다.

"백제 군사들이 몇 명이나 된다고 하더냐?"

조위: 신라 때에 둔, 벼슬의 등급 '십칠 관등' 가운데 열일곱째 맨 아래 등급.
사지: 신라 때에 둔, 벼슬의 등급 '십칠 관등' 가운데 열셋째 등급.
천혜: 하늘이 베푼 은혜, 자연의 은혜.

대야성에 성주로 부임해 온 지 몇 달 안 되는 도독 김품석이다. 선덕여왕의 조카이며 진골인 김춘추공의 사위가 되는 인물이다.

품석은 가소롭다는 듯이 웃으며 갈마산 자락에 진을 치고 있는 백제군 진영을 노려보았다.

"첩자 말에 따르면 일만 명쯤 된다고 합니다."

성주 보좌관인 사지 죽죽이다.

"겨우 일만 가지고 이 대야성을 치겠다고⋯⋯? 그 장수가 누구라더냐?"

"계백 장군 휘하에 있는 윤충이라는 장수랍니다. 그런데 윤충이라는 장수도 많은 전투 경험이 있어 예사로운 인물이 아닌 줄로 압니다."

"이보게 자네는 어찌 매사에 겁이 그리 많은가? 그래가지고 이 대야성을 어떻게 지키려고 그래. 쯧쯧⋯⋯!"

성주 품석은 혀를 차며 돌아섰다.

"움직임을 잘 살펴서 수상한 기운이 돌거든 즉시 알려라!"

"예, 성주님!"

성주 품석은 장졸들을 한 번 훑어본 뒤 관아 쪽으로 몸을 돌렸다. 죽죽을 비롯해서 호위 병사들도 성주의 뒤를 따랐다.

"오늘은 가야산 깊은 골짜기에서 캔 더덕으로 빚은 술을 준비해 두었습니다."

그림자처럼 보좌를 하는 병사 서천이 조르르 나서서 성주의 비위를 맞췄다.

도독: 신라 시대 각 주(州)의 으뜸 벼슬.
휘하: 장군의 지휘 아래. 또는 그 지휘 아래에 딸린 군사.
보좌: 상관을 도와 일을 처리함.

"어험, 그래, 그거 맛이 있겠구나! 어디 맛이나 좀 볼까? 오, 그런데 저건 누구냐?"

관아로 향하던 성주가 걸음을 멈췄다. 성주 품석의 눈길은 길모퉁이를 돌아오는 여자에게 가 있었다.

"군관 검일의 아내이옵니다."

"허허, 검일의 아내가 미인이라는 말은 들었지만 저 정도일 줄은 몰랐구먼!"

성주는 눈을 가늘게 뜨고 검일의 아내를 바라보았다.

"성주님, 이제 가시지요."

"그럼 가야지!"

넋을 놓고 바라보던 성주 품석이 서천의 말에 서둘러 눈길을 거두고 관아로 발길을 옮겼다.

"서천, 이리 와 보게."

성주는 바른 말만 하는 죽죽은 멀리하고 아양을 떨고 비위를 잘 맞추는 서천을 은밀하게 불렀다.

"예, 성주님."

"자네, 지금부터 내가 시키는 일을 좀 해야겠네!"

성주 품석이 서천에게 귀엣말로 뭔가를 속닥거렸다.

성주의 말을 들은 서천은 고개를 갸웃거리며 방을 나갔다.

관아 문을 나설 때였다. 누군가 앞을 가로막았다.

아양: 귀염을 받으려고 알랑거리는 말. 또는 그런 짓

"어흑, 누구……, 아휴, 깜짝 놀랐네. 나리……!"

죽죽이 관아를 둘러보고 들어서는 길이었다.

"이 사람, 왜 그리 놀라는가?"

"갑자기 나타나시면 어떡합니까?"

"허허, 자네, 무슨 죄를 지었는가? 놀라기는 왜 그리 놀라는 거야?"

"죄는……, 무슨……. 성주님 심부름 갑니다요."

"성주님이 유난히 자네를 가까이 하시니 잘 모셔. 바르게 모시란 말이네!"

죽죽은 입을 삐죽이는 서천의 어깨를 톡톡 토닥여 준 뒤 안으로 들어갔다.

한편 서천은 검일의 집으로 갔다. 집에는 검일의 아내만 있었다.

서천은 검일의 아내에게 목소리를 낮춰 말했다.

"예!"

서천의 말을 들은 검일 아내의 얼굴빛이 갑자기 하얘졌다.

"안 됩니다. 그런 일이라면 관아에 기생들이 있지 않습니까? 저는 엄연히 남편이 있는 사람입니다."

검일의 아내는 서천을 꾸짖듯 단호하게 말했다.

서천은 더 말하지 못하고 돌아섰다.

"성주의 행실이 안 좋다고 말이 많더니, 그 말이 거짓이 아니었구나!"

검일의 아내는 불안한 눈빛으로 서천의 뒷모습을 바라보았다.

다음 날 해거름이었다.

해거름: 해가 서쪽으로 넘어가는 일. 또는 그런 때.

벌써 닷새째 갈마산 자락에다 진을 치고 버티던 백제군이 가뭄에 드러난 강바닥을 디디고 함성을 지르며 대야성으로 진격하고 있었다.

"장군, 지금 백제군이 강을 건너고 있습니다!"

대야성 망루에서 관아에 있는 성주 품석에게 전갈이 왔다.

"알았다. 내가 가마."

성주 품석은 병사들을 데리고 성루로 올라갔다. 성루와 성곽에는 이미 신라군이 활을 들고 명령을 기다렸다.

"조금만 기다렸다가 더 가까이 오면 일제히 활을 쏴라."

신라 귀족의 이찬 품계인 도독 품석이 대야성 성주로 대야주에 부임해서, 장인 김춘추의 힘을 등에 업고 제 마음에 들지 않는 사람은 어떤 방법으로든 괴롭혔다.

품석은 검일을 불렀다.

"장군, 부르셨습니까?"

갑옷을 입은 장수 검일이 성주 앞에 허리를 숙였다.

"오늘은 자네가 앞장서서 저 백제군을 물리치게."

"예, 명령대로 하겠습니다."

검일은 성곽 위 성가퀴와 근총안에 부하 병사들을 배치했다. 활을 든 병사들과 창칼을 든 병사들은 매의 눈으로 강을 건너는 백제 군사들을 노려보았다.

전갈: 사람을 시켜 말을 전하거나 안부를 물음. 또는 전하는 말이나 안부.
성루: 성곽 곳곳에 세운 다락집
성가퀴: 성 위에 낮게 쌓은 담. 여기에 몸을 숨기고 적을 감시하거나 공격함.
근총안: 가까이 다가온 적을 쏘기 위하여 성가퀴 아래쪽으로 비스듬하게 낸 구멍.

"조금만 기다려라."

검일은 군사들의 뒤를 오가면서 주의를 주고 있었다.

잠시 뒤 백제 군사들이 강을 다 건널 때쯤 검일이 칼을 높이 들었다.

"용맹스런 신라의 군사들이여, 활을 쏴라. 한 놈도 강을 건너게 해서는 안 된다!"

검일이 성곽을 돌아보며 소리쳤다. 쩌렁쩌렁한 목소리는 화살과 함께 속살을 드러낸 남정강 바닥에 꽂혔다.

백제 군사들은 서둘러 대야성 밑으로 몸을 붙였다. 까마득한 절벽 위에 있는 대야성 성곽에서 쉴 새 없이 화살이 쏟아지고 절벽으로는 통나무와 큰 돌멩이들이 굴러 떨어졌다.

거기다가 절벽에 몸을 붙인 백제군 병사들은 깊은 수심에 몸을 가누지 못하고 자꾸만 강 하류로 떠내려갔다.

또한 뒤따르던 백제 군사들은 미처 절벽 밑으로 피하지 못하고 당황하기 시작했다. 들고 있던 사다리며 밧줄, 그리고 무기들을 던지고 뒤돌아 도망치는 병사들도 있었다.

"피하라. 절벽 아래 수심이 얕은 곳을 찾아서 피하라!"

지휘하던 백제 장수가 소리쳤지만 사방이 탁 트여 몸을 숨길 수 없는 넓은 강바닥에서 백제군은 속수무책 화살받이가 되었다.

"퇴각하라!"

속수무책(束手無策): 손을 묶은 것처럼 어찌할 도리가 없어 꼼짝 못함.

"모두 퇴각하라!"

결국 백제군은 비 오듯 쏟아지는 화살을 피해 돌아설 수밖에 없었다.

"자네, 수고했네. 자네의 용맹함은 그 누구도 따를 수 없겠구먼!"

성주 품석은 검일의 아래위를 훑어보더니 싱긋 웃었다.

"저는 당연히 해야 할 일을 했을 뿐입니다."

겸손함을 잃지 않는 검일의 얼굴에는 자신감이 보였다.

"자네는 이 대야성에서 없어서는 안 될 인물이니 오늘부터 두 번째 망루에서 밤낮을 가리지 말고 경계를 하게!"

그날부터 검일은 남정강 상류 쪽에서부터 두 번째 망루에서만 지내야 했다. 대야주와 가장 먼 곳이면서 남정강 모습을 가장 잘 볼 수 있는 곳이다.

성주는 보좌관들을 시켜 검일의 일거수일투족을 감시했다.

"자네, 집에 가는 길에 우리 집에 들러 당분간 못 간다고 전해주게."

검일은 부하를 통해 아내와 서로의 안부를 주고받았다.

검일의 이야기를 전해들은 검일의 아내는 밤새도록 눈물을 흘렸다.

"서천, 그 여자를 찾아 가게. 가서 어떤 방법으로든 데리고 오게!"

품석은 검일의 아내를 포기하지 않았다.

"부인, 도독의 명령입니다. 이 성의 주인인 성주의 명을 거역하면……!"

서천은 온갖 협박으로 검일의 아내를 윽박질렀다.

"앞장서세요."

일거수일투족(一擧手一投足): 손 한 번 들고 발 한 번 옮긴다는 뜻으로, 크고 작은 동작들을 이르는 말.

검일의 아내는 이를 앙다물고 서천의 뒤를 따라나섰다.

"성주님, 부인을 모셔왔습니다."

서천이 검일의 아내를 데리고 품석의 방에 들어섰다.

"어험, 수고했다. 너는 나가서 일을 보거라."

서천은 허리를 숙여 인사한 뒤 검일의 아내를 보고 싱긋 웃고는 방을 나갔다.

"어서 여기 앉으시오."

품석이 제 옆에 있는 의자를 가리켰다.

"아닙니다. 성주님 말씀만 듣고 가야 합니다. 무슨 말씀이 있으신지요?"

검일의 아내는 꼿꼿하게 서서 품석을 바라보았다.

"웬, 성급하시긴……, 먼저 앉아 보시오."

검일의 아내는 마지못해 품석이 가리키는 의자에 살며시 앉았다.

"이보시오, 부인. 이 관아에서 나랑 함께 삽시다."

"예엣! 그…… 그게 무슨……?"

다짜고짜 내뱉는 품석의 말에 검일의 부인은 화들짝 놀랐다. 얼굴빛도 종잇장처럼 하얘졌다.

"놀랄 것 없소. 나는 부인을 처음 본 순간 내 사람으로 만들어야겠다고 마음먹었소."

품석이 눈을 번뜩이며 부인의 손을 덥석 잡았다.

"성주님, 저는 아시다시피 남편이 있는 몸입니다. 제 남편은……."

"아아, 말하지 않아도 아오. 부인의 남편이 검일이라는 것을 알고 있었소. 그래서 말인데, 검일을 살리고 싶으면 내 말을 들으시오!"

품석은 제 말을 듣지 않으면 검일을 적진에 보내서 죽이겠다고 했다.

"성주님, 어찌 부하의 아내를 탐하십니까? 대야주 백성들이 보고 있습니다. 흑흑흑……!"

검일의 아내가 눈물을 흘리며 사정을 했지만 본시 술과 놀기를 좋아하는 품석의 귀에는 그 말이 제대로 들리지 않았다.

"허허허, 대야주 백성들은 모두 나 때문에 잘 살고 있지. 내가 보살펴 주지 않으면 어찌 편안하게 살아가겠는가. 그대는 이제부터 나의 소실이 되어 내 시중만 들도록 하라!"

검일의 아내는 앞섶이 흠뻑 젖도록 울었다. 성주의 말을 듣지 않으면 남편이 해를 입을 게 뻔하다.

성주 품석은 대야주에 오는 날부터 백성들 입에 오르내렸다. 놀기 좋아하고 갖고 싶은 것은 어떤 방법으로든지 손에 넣는 사람이라고 소문이 자자했다.

"집에 보내 주십시오. 남편에게 마지막 인사라도 해야 하지 않겠습니까?"

검일의 아내가 울면서 애원해도 막무가내였다.

"그런 걱정은 하지 않아도 된다. 서천을 시켜 검일에게 알리면 알아들을 것이다."

소실: 첩. 정실부인의 반대말.

보내 주지 않아서 남편을 만날 수 없는 검일의 아내는 스스로 목숨을 끊으려고 마음먹었다. 하지만 그것도 마음대로 되지 않았다.

"나는 내가 좋아하는 것을 손에 넣지 못하면 성질이 아주 고약해진다. 그러니 검일을 살리고 싶으면 순순히 내 말을 들어라!"

품석의 말 한 마디 한 마디가 검일의 아내를 숨 막히게 했다. 이러지도 저러지도 못하게 된 검일의 아내는 품석의 숙소에 갇혀 나올 수가 없었다.

그렇게 며칠이 지났다.

"서천, 혹시 검일 장군의 아내가 관아에 잡혀왔는가?"

사지 죽죽이 서천을 붙들고 물어보았다.

"예? 그…, 그런데……?"

죽죽의 말에 서천이 말을 더듬으며 눈길을 피했다.

"이 사람아, 대야성 군졸들은 다 알고 있는 일이네. 검일 장군의 심부름으로 그 집에 찾아갔던 병사가 마을 사람들의 이야기를 들었다고 하더구먼."

"저, 그게 말입니다. 성주께서……."

"자네가 성주님을 가장 가까이에서 모시지 않나. 그래서 보필을 바로 해야 한다고 그렇게 일렀건만, 오히려 자네가 부추기기까지 했다니 이 일을 어찌하면 좋은가?"

죽죽은 그냥 아무 일도 아닌 것처럼 넘어갈 수 없었다. 그렇다고 성주와 맞붙어서 싸울 수도 없는 일이다.

보필: 윗사람의 일을 도움. 또는 그런 사람. 도움.

"아버지, 이럴 때는 어떻게 합니까?"

죽죽이 하늘을 쳐다보고 한숨을 쉬며 어렸을 때를 떠올렸다.

"너희들 내 말 잘 들어. 오늘 저녁에 할 일은 두메 할머니네 단감 서리다. 모두 저녁 먹고 조용히 뒷골 감나무 밑으로 와!"

나이가 몇 살 많은 형 말수가 마을 아이들을 불러서 은밀히 말했다. 아이들은 말수 형의 말이라면 조금 못마땅해도 들어야 했다. 만약에 말을 듣지 않고 싫은 눈치를 보이면 괴롭히고 따돌리며 같이 놀아주지 않았다.

그런 말수가 다른 감보다 일찍 단맛이 나는 두메 할머니 단감을 노렸던 것이다.

"형, 아버지가 혼자 사시는 두메 할머니네 감나무는 손대지 말라고 했는데?"

죽죽이 고개를 갸웃거리며 아이들을 둘러보았다. 아이들도 고개를 끄덕였다. 생각지도 못한 죽죽의 행동에 말수는 당황하는 눈치였다.

하지만 이내 정색을 하고 죽죽을 노려보았다.

"시끄러워. 아직도 열매가 덜 익은 늦여름에 우리가 먹을 게 어디 있어? 그 단감 아니면 떫은 돌감을 소금에 찍어 먹을 거야, 돌덩이 같은 돌배를 먹을 거야?"

형은 아이들을 윽박질렀다.

"잔소리하지 말고 모두 나와. 만약에 안 나오면 앞으로 함께 못 놀 줄 알아!"

아이들은 모두 눈을 껌벅이며 고개를 끄덕였다.

"형, 나는 안 나갈 거야. 두메 할머니는 그 감이 없으면 겨울에 먹을 게 없다고 아버지가 말했어. 혼자 사는 할머니가 불쌍해!"

다른 아이들도 죽죽이처럼 하기 싫은 눈치였다.

"죽죽이 너, 나한테 혼나볼래?"

말수는 죽죽의 멱살을 잡고 흔들었다. 작고 힘이 부족한 죽죽은 그 손아귀를 벗어날 수 없었다.

"형, 그래도 단감 서리는 안 할 거야!"

"그래. 형, 두메 할머니네 단감 말고 다른 거 하자."

아이들도 죽죽의 말을 따랐다.

"에이, 이 짜식들……!"

그렇게 죽죽이 때문에 두메 할머니 단감 서리는 없었던 일이 되고 말았다. 멀리서 그 모습을 지켜보던 죽죽의 아버지는 빙그레 웃었다.

"잘했다. 어떤 일이라도 옳지 않으면 굽히지 마라. 앞으로 살아가면서 죽죽이라는 네 이름값은 해야 한다!"

아버지는 집에 들어온 죽죽의 어깨를 토닥여 주었다.

죽죽은 그런 아버지의 모습을 떠올리며 고개를 크게 끄덕였다.

"그래, 그냥 넘길 일이 아니지!"

죽죽은 관아로 품석을 찾아갔다.

"성주님, 이런 법은 없습니다. 그것도 부하의 아내를……!"

죽죽은 차마 입에 담기도 민망하다고 하면서 빨리 돌려보내라고 말했다.

"허허, 자네가 꼭 내 윗사람 같구먼. 내 보좌관이면 그냥 보좌만 잘 하면 되거늘 어찌 성주인 내게 이래라 저래라 말이 많은가?"

화가 난 성주는 죽죽을 쫓아내듯이 내보냈다.

바깥으로 쫓겨난 사지 죽죽은 성을 향해 무거운 발걸음을 떼 놓았다.

"걱정이다. 철옹성이라고 널리 소문이 나 있는 대야성도 주인에 따라 힘 없는 토담이 될 수 있다는 걸 알아야 하는데……!"

죽죽은 중얼거리며 망루로 올라갔다.

철옹성: 쇠로 만든 독처럼 튼튼하게 둘러쌓은 산성.
토담: 흙으로 쌓아 만든 담.

사라진 모척

나마 검일은 죽죽이 뒤에 와 있는 줄도 모르고 망루에 기대서서 백제군의 깃발만 바라보고 있었다. 빼곡히 서 있는 깃발들은 남정강에서 부는 바람에 쉴 새 없이 펄럭였다.

백제의 군사들도 뭘 하는지는 모르지만 분주하게 움직이고 있었다. 그러나 남정강을 건너려는 기미는 보이지 않았다.

"휴우, 정말 이런 세상에 살아야 하나!"

검일은 혼자서 웅얼거렸다. 노을빛에 붉어진 눈가에는 눈물이 주르륵 흘러내렸다.

"장군, 아직은 별다른 움직임이 없지요?"

사지 죽죽이 혼자 망루 기둥에 기대서서 시름에 젖은 검일을 불렀다.

"죽죽인가?"

나마: 신라 때에 둔, 벼슬 등급 '십칠 관등' 가운데 열한 번째 등급.

검일은 뒤를 힐끔 돌아보더니 눈길을 거두어 말없이 흐르는 남정강을 내려다보았다.

"군사들은 어디 가고, 왜 혼자 계십니까?"

"밝을 때 저녁을 먹어 둬야 밤을 지킬 것 아닌가!"

여전히 검일의 눈길은 남정강과 갈마산을 오갔다.

"참, 죽죽 자네는 어찌 생각하는가?"

검일이 죽죽을 돌아보며 느닷없이 물었다.

"뭘 말씀입니까?"

죽죽은 얼떨결에 되물었다.

"서운하구먼. 자네도 서운해!"

검일은 성주에게 아내를 빼앗기고 마음 아파하는 동안 누구의 위로도 받지 못했다고 했다. 어떤 이는 모르는 척, 어떤 이는 강 건너 불구경하듯 하는 바람에 검일은 더욱 가슴이 아팠던 것이다.

"죄송합니다. 저도 그 일 때문에 나리를 만나러 왔습니다."

죽죽이 검일의 손을 잡으며 낮은 목소리로 위로를 했다.

"그 일 때문에……?"

"예, 아직도 부인께서는 성주의 청을 거절하고 있습니다. 나리가 위험에 빠질까 봐 관아에 가긴 했지만, 술자리에는 나서지 않았습니다."

성주의 엄포에도 검일의 부인은 입을 다문 채 방에만 있다고 했다.

엄포: 실속 없이 호령하거나 위협하는 짓

"그럼, 죽죽 자네가 기회를 만들어 주게."

검일은 사람 많은 곳에서 말할 수 없으니 성주의 좋은 시간에 만나게 해달라고 했다. 눈물까지 흘리며 애원하는 검일에게서 성을 지키는 장수의 모습은 찾아볼 수 없었다. 오로지 아내와 가정을 지키려는 평범한 한 남자의 모습뿐이었다.

죽죽은 주먹을 불끈 쥐었다.

"너는 어디를 가든 네 이름값을 해야 한다."

어렸을 때부터 아버지가 하시던 말씀이 귓속을 파고들었다. 늘 자신의 이름에 대해 잊고 살지는 않았지만, 검일의 눈물을 보자 아버지의 말씀이 다시 떠올랐던 것이다.

'그래, 꺾이더라도 휘지는 말아야 한다. 어찌 이런 일을 보고도 못 본 척할 수 있나!'

죽죽은 어금니를 꽉 깨물며 돌아섰다.

"죽죽, 잠깐만. 어딜 가는가?"

검일은 죽죽을 붙들었다.

"제가 먼저 성주를 만나보겠습니다.

"그러면 잘 됐네. 성주를 만나면 내 벼슬을 뺏고 멀리 쫓아 보내라고 하게. 그냥 아내와 함께 산골이든 농촌이든 아무도 모르는 곳에 가서 오순도순 살고 싶네!"

"아니, 나마라는 벼슬을 성주가 내린 것도 아닌데 어째서 성주에게 돌려주려하십니까?"

죽죽은 오죽했으면 검일이 그런 마음을 먹을까 싶기도 했다. 하지만 한편으론 가족을 빼앗기고도 말한 마디 못하는 검일을 보면서 마음도 아팠다.

"알겠습니다."

죽죽은 그 길로 성주 품석을 찾아갔다.

"성주님, 이 성을 지키는 까닭이 무엇입니까?"

"아니, 그게 무슨 말인가? 성을 지키는 일은 곧 나라를 지키고 백성을 지키는 일이 아닌가?"

느닷없이 찾아온 죽죽이 따지고 묻자, 품석은 눈이 동그래졌다.

"나라와 백성은 왜 지킵니까?"

"오늘따라 자네가 왜 이러는가?"

"성주님, 저도 성주님 말씀대로 저 돌담을 지키는 일과 땅덩이를 지키는 일은 나라와 백성을 지키기 위함이라 알고 있습니다."

"그런데 성주님은 지금 백성을 자신의 한낱 노리개로 여기고 있지 않습니까!"

성주 품석이 눈을 가늘게 뜨고 죽죽을 노려보았다.

"내가 지킨 내 백성을 내 마음대로 하는 게 뭐가 잘못되었단 말인가?"

품석이 목소리를 깔고 죽죽을 노려보았다. 손도 가늘게 떨고 있었다.

"나리, 이제 그만하십시오."

옆에서 지켜보던 서천이 나서서 죽죽 앞을 가로막았다.

"그냥 둬라!"

품석의 목소리가 커졌다.

"성주님, 검일 장수의 아내를 돌려보내 주십시오. 부하 장수의 아내입니다."

죽죽은 여느 때도 그렇겠지만, 백제군이 코앞에 와 있는 이때에 부하 장수의 아내를 빼앗아서 소실로 삼는다는 건 있을 수 없는 일이라고 말했다.

죽죽의 말을 들은 품석의 몸이 파르르 떨렸다.

"네 이노옴, 네놈이 감히 나를 가르치려 드느냐! 사지 주제에 이찬을 나무라고 가르치다니 이런 법이 어디 있나? 보좌관이라서 이말 저말 들어줬더니

이찬: 신라 때에 둔, 벼슬 등급 '십칠 관등' 가운데 둘째 등급. 자줏빛 관복을 입었다. 낮은 신분을 가진 사람들은 이 벼슬에 오를 수 없었고, 진골만이 이 자리에 오를 수 있음.

하늘 높은 줄 모르고 날뛰는구나!"

품석은 길길이 뛰며 군사들을 불렀다.

"성주님, 검일 군관은 아내를 보내주면 벼슬까지도 내놓을 수 있답니다. 산골에 가서 둘이서 오순도순 살고 싶다고 했습니다. 그만큼 가정을 지키고 싶어 했습니다!"

"듣기 싫다. 어서 끌고 가라!"

관아에 군사들이 우르르 들어와서 죽죽을 포박하여 끌고나갔다. 성주의 명령대로 죽죽은 그렇게 감옥에 갇혔다.

"괘씸한 놈, 죽죽 저놈은 괘씸하고, 검일 그 놈은 비겁하다. 왜 제 스스로 찾아와서 말을 못해!"

품석이 분이 안 풀리는지 혼잣말로 중얼거리며 방 안을 서성거렸다.

"성주님, 죽죽 나리를 정말 감옥에 가둬 놓을 겁니까?"

서천이 허리를 숙여 품석 앞에 나섰다.

"그대로 둬라. 감히 제 놈이 어디라고 나서서 이래라 저래라 하고 있어!"

"하지만, 죽죽 나리가 있어야 이 관아 일이 제대로 돌아갑니다. 그러니 훈계만 하시고 풀어 주십시오."

사실 서천은 성주 뒤를 따라다니며 비위 맞추는 일만 해서 관아에 돌아가는 일을 몰랐다. 서천 말고도 보좌관들이 있었지만, 죽죽이 없으면 군량미가 얼마나 있는지, 무기는 어디에 어떻게 정리가 되어 있는지 잘 몰랐다.

"네놈은 여태껏 뭘 했느냐? 그런 일 제대로 알아 놓지 않고!"

품석은 서천을 보고 눈을 흘기며 짜증을 부렸다.

한편 검일이 있는 망루에 친구이자 같은 벼슬을 가진 나마 모척이 찾아왔다. 모척은 누구보다도 성주 품석을 싫어했다.

그 까닭은 이러했다. 얼마 전에 대야성에 부임한 지 며칠 안 된 성주 품석이 대야주를 둘러보는 길이었는데, 길가에서 아이들이 뛰어다니는 바람에 품석이 탄 말이 놀라 펄쩍 뛰면서 마침 옆에 있던 모척의 노모를 다치게 했다. 하지만, 품석은 되레 모척의 노모를 나무라며 그냥 지나쳤다. 나중에 모척의 노모라는 걸 알면서도 콧방귀만 뀌고는 모르는 척해 버렸다.

"검일, 마음이 얼마나 아픈가?"

"모척, 자네구먼. 모두 외면하는 이때 자네라도 와 주니 위안이 되는구먼."

두 사람은 이런저런 이야기를 하며 갈마산을 건너다보았다.

"검일, 나는 왠지 이 대야성이 싫네. 아니지 대야성 성주가 싫네!"

"대야주 백성들 가운데 성주를 좋아하는 사람이 몇이나 되겠나?"

"그래서 말인데. 나는 이 성을 떠날까 생각 중이네."

"뭐, 그, 그게 무슨 말인가? 자네는 이 나라 장수일세. 그런 사람이 마음대로 그만둔다는 것은 책임 없는 말이 아닌가!"

모척의 말을 들은 검일은 '벼슬을 성주가 내린 것도 아닌데 어째서 성주에게 돌려 주려 하십니까?'라고 한 죽죽의 말을 떠올렸다.

검일은 모척을 나무랐다. 비록 자신의 마음을 숨김없이 말해주는 모척이 고맙지만, 성주 한 사람 때문에 모든 걸 내려놓으려는 마음은 잘못된 생각이라고 여겼다.

그때였다.

"장군, 죽죽 나리가 감옥에 갇혔답니다."

병사 한 사람이 달려와서 검일에게 보고를 했다.

"뭐, 감옥, 죽죽이 감옥에 갇혔다고?"

"예, 성주님께 바른 말을 하다가 그렇게 되었답니다."

검일과 모척은 그 말을 듣고 고개를 설레설레 흔들었다.

"검일 보게. 이런 마당에 목숨 걸고 이 성을 지킬 가치가 있겠는가? 장인이 이 나라에 대신이라고 그 힘만 믿고 부하들과 백성들을 벌레만큼도 안 여기는 사람을 믿고 따른다는 게 옳은 일인가 말일세!"

모척은 늦은 시각까지 이런저런 이야기로 시간을 보내다가 자기가 지키는 성루로 돌아갔다.

검일은 모척이 돌아가고 난 뒤에도 혼자 앉아서 소리 없이 흐르는 남정강을 내려다보았다. 밤하늘에 총총하던 별들이 강물과 함께 흘러가고 있었다.

"장군, 밤이 깊었습니다. 잠깐이라도 눈을 좀 붙이십시오."

병사들이 검일 곁으로 다가왔다.

"알았다. 모두 잘 지켜라!"

검일은 숙소로 발걸음을 옮겼다.

"성주가 너무했어."

"쯧쯧…, 저 마음이 오죽하겠어?"

병사들은 멀어져가는 검일의 뒷모습을 보고 혀를 찼다.

다음날 아침이 밝았다.

대야성을 순찰하던 병사가 헐레벌떡 검일을 찾아왔다.

"무슨 일이냐?"

"나리, 큰일 났습니다. 모척 장군이 부하들을 데리고 성을 빠져나갔습니다."

"어떻게 빠져나가?"

"성문을 지키는 군사 말에 의하면 자정 무렵에 모척 장군이 나타나서 특별 순찰이라고 하는 바람에 성문을 열어 주었답니다."

"알았다. 성주님께 보고하마!"

검일이 말은 그렇게 하면서도 선뜻 보고를 하지 않았다.

'모척이 현명한 판단을 했는지도 모를 일이야. 하지만 지금으로써는 어쩔 도리가 없지 않은가!'

망설이던 검일은 관아로 전령을 보냈다. 전령의 보고를 받은 품석은 노발대발하면서 모척의 가족들을 옥에 가두라고 했다. 하지만 이미 모척의 가족들은 몸을 피한 지 오래전이었다. 성을 빠져나간 것 같지는 않으나, 대야주 성안에 보이지 않는다고 했다.

전령: 명령을 전하는 사람.

노발대발(怒發大發): 몹시 노하여 펄펄 뛰며 성을 냄.

그 일이 있은 뒤 성주 품석은 성문을 지키는 병사들에게 누구에게도 문을 열어 주지 말라는 명령을 내렸다.

"성주님, 백제군에 잠입해 있는 첩자 말에 따르면 모척이 백제에 투항했답니다. 그리고 지금 대대적으로 공격할 준비를 한답니다."

서천이 성주 품석에게 보고를 했다. 순간 품석의 얼굴빛이 푸르죽죽해졌다. 마치 경기 든 아이 얼굴처럼 입술까지 파래졌다.

"뭐, 뭐라고? 모척 그놈이……!"

품석은 입술을 파르르 떨며 똥마려운 강아지처럼 갈팡질팡했다.

"모척이 지키던 그 자리는 누가 지키느냐?"

품석이 금세 무슨 생각이 떠올랐는지 의자에 앉아서 서천을 돌아보았다.

"아직 장수 없는 병사들이 지키고 있습니다."

"안 된다. 죽죽을 풀어주어 모척을 대신하라고 하라!"

품석이 스스로 좋은 생각을 한 것처럼 고개를 끄덕였다.

"성주님, 그건 좀 그렇습니다."

"뭐가 그러냐?"

"죽죽 나리는 나마인 모척 장군보다 두 단계 아래인 사지입니다."

서천은 장군의 직급이 아닌 나마가 대신하는 건 어쩌면 군졸들의 반발을 살 수 있다고 했다.

"백제 군사들이 쳐들어올 거라고 했지 않느냐. 그런데 지금은 그런 것까

_____

투항: 적에게 항복함.

지 생각할 여유가 어디 있느냐? 적군을 막으려면 할 수 없다. 어서 내가 시키는 대로 하라."

품석이 일만 명이나 되는 백제 군사를 대수롭지 않게 여긴 건 허세였다. 그렇게 허세를 부려야 군사들이 저를 우러러볼 것이라 여겼던 것이다.

하지만 지금은 달랐다. 그나마 제자리를 지켜준 모척이 성을 빠져나가 백제군에 투항을 한 이 마당에 허세나 자존심은 소용이 없었다. 서천은 눈을 흘기면서 감옥으로 달려갔다. 감옥에는 죽죽이 눈을 감고 앉아 있었다.

"나리, 성주님께서 나리를 풀어드리라고 했습니다요."

서천은 직접 감옥 안에 들어가서 죽죽에게 그동안 있었던 일을 설명했다.

"큰일이다. 하나가 군을 이탈하면 다른 군졸들까지 이탈하거나, 아니면 사기가 떨어져서 전투력을 잃게 된다!"

죽죽은 벌떡 일어나서 열려 있는 감옥 문을 뛰쳐나왔다.

"빨리 가자. 빨리 가서 수습을 해야 한다."

죽죽은 관아부터 들러 보좌관에서 전쟁을 할 수 있는 장수의 직책으로 바꾼 뒤 모척이 지키던 성루로 갔다.

"지금부터 모척 장군의 뒤를 이어 이곳을 지휘할 죽죽이다.
비록 너희들은 화랑의 훈련은 받지 않았지만
신라의 군사라면 화랑이나 다름없다."

죽죽은 병사들을 모아 놓고 원광 스님이 만든 화랑이 지켜야 할 다섯 가지 계율인 '세속오계'를 말해주었다.

"다음 다섯 가지를 가슴에 새겨서 꼭 실천하기 바란다."

첫째는 사군이충(事君以忠) - 임금은 충성으로 섬긴다
둘째는 사친이효(事親以孝) - 부모는 효도로써 섬긴다
셋째는 교우이신(交友以信) - 벗은 믿음으로 사귄다
넷째는 임전무퇴(臨戰無退) - 싸움에 들어서선 물러남이 없다
다섯째는 살생유택(殺生有擇) - 산 것을 죽일 때는 가려야 한다.

죽죽은 그렇게 모척의 자리, 관아가 아닌 적군의 화살이 언제라도 날아올 수 있는 성에서 근무를 하게 되었다.

'아, 그동안 나는 참 편안한 곳에서 근무를 했구나. 모척, 그동안 고생했소. 하지만 마지막 선택은 참으로 잘못된 것이구려!'

죽죽은 모척이 있을 건너편 백제군 진영을 건너다보며 중얼거렸다.

계율: 지켜야 할 규범.

갈등

한편 검일은 죽죽이 감옥에서 풀려나 모척이 지키던 망루로 온다는 말을 듣고 반가워하면서도 마음 한 구석이 허전했다.

"에이, 아무리 그래도 죽죽 말대로 우리가 성주를 보고 성을 지키는 건 아니지. 아니야, 어쩌면 모척이 현명한 생각을 했는지도 몰라! 글쎄, 그게 아닌 것 같기도 하고……!"

검일은 어둠이 깔리는 대야성 성루에 서서 혼자 횡설수설했다.

그때였다. 남정강을 디디는 수많은 백제군의 발자국 소리가 소나기 소리처럼 들렸다. 얕아진 남정강은 백제군에게 더 이상 장애물이 아니었다.

"적군이다!"

"모두 제자리로 가라. 가서 철저하게 지키도록 하라!"

여기저기서 고함소리와 함성이 성을 가득 메웠다.

이어서 군사들은 성가퀴 곳곳에 진을 쳤다. 근총안에 몸을 붙이고 활과 창을 바투 잡은 채 명령을 기다리기도 했다. 관아에서 술을 마시던 성주 품석도 서둘러 중앙 성루에 나와서 몰려오는 백제 군사들을 두려운 눈빛으로 지켜보았다. 눈 깜짝할 새 백제군은 남정강을 건너 개미 떼처럼 성벽 아래 절벽을 기어올랐다.

그때 중앙 성루에서 붉은 깃발이 펄럭이며 높이 솟아올랐다.

"지금이다. 굴려라!"

"굴려라!"

"와아-!"

깃발을 신호로 각 성루에서 큰 통나무와 바위를 굴렸다. 처마를 받치고 있는 기둥보다 큰 통나무들과 아름드리 바위들이 성벽을 타고 굴러 떨어졌다.

절벽과 성벽을 타고 기어오르던 백제군사 들은 비명을 지르며 통나무와 바위를 안고 강물에 떨어졌다.

"퇴각하라!"

"모두 퇴각하라!"

말을 타고 강을 건넌 백제 장수가 남정강 모래밭에서 소리치자 자정까지 공격을 하던 백제군 병사들이 썰물처럼 강을 되건너 물러갔다.

"하하하…, 이놈들아, 맛이 어떠냐? 이 대야성은 절대 넘을 수 없다. 그것도 내가 지키는 동안은 개미 한 마리도 가까이 올 수 없다는 걸 명심하라!"

바투: 두 대상이나 물체의 사이가 가깝게, 시간이나 길이가 아주 짧게.

중앙 성루에서 그 모습을 지켜보던 품석이 큰 소리로 웃으며 허세를 부렸다.

"성주 품석은 잘 들어라. 지금 대야성은 물샐틈없이 포위되었다. 너의 오만함과 김춘추의 후광으로 만행을 저지를 날도 이제 얼마 남지 않았다는 것을 똑똑히 알아두어라!"

백제 장수 하나가 잔류 병사들과 남정강 가운데서 돌아보고 소리쳤다.

"저, 저놈은 모척이 아니냐?"

"예, 성주님, 모척 장군입니다."

"이놈아, 장군은 무슨 장군, 저놈은 반역자다!"

품석이 화를 발끈 냈다. 그 바람에 서천은 그만 자라목이 되어 뒤로 한 걸음 물러났다.

"성주님, 하루 이틀도 아니고 매일 이러니 걱정입니다."

"지금 성 밖에는 백제군들이 에워싸고 있어서 서라벌에서 보내오는 물자와 양식이 못 들어옵니다."

군량미 창고를 지키는 병사가 성 밖 사정을 말했다.

"군량미가 많이 남았지 않느냐?"

품석은 군량미 창고를 가리켰다. 걱정하지 말라는 눈치다.

"군량미는 한 달 치가 남았지만, 그것보다 대야성 안에 사는 대야주 백성들이 굶어 죽을 지경에 놓였습니다.

"에이 걱정하지 말거라. 백제군들도 그 안에 지쳐서 돌아갈 것이다."

군량미: 군량은 군대의 양식. 군량미는 군대에서 양식으로 쓰는 쌀.

품석은 서천의 걱정을 손짓 한 번으로 무시해 버렸다.

하지만 백제 군사들이 계속해서 군량을 지원받고 있다는 걸 모르는 품석이 아니다. 그래서 마음속으로는 더 불안하고 두려웠다. 그러나 그런 속내를 드러내 놓을 수가 없었다. 성주의 체면도 그러하지만, 무엇보다 군사들 사기를 생각 안 할 수 없었다.

품석은 무거운 마음으로 관아로 돌아왔다. 관아 숙소에는 검일의 아내가 갇혀 있었다. 며칠씩 갇혀 있어서 차림새가 말이 아니었다. 품석은 하녀들에게 수발을 들게 하여 목욕도 하고, 깨끗한 옷으로 갈아입혔다.

다음날 새벽이다.

날이 밝기도 전에 어둠을 틈타 백제 군사 한 명이 말을 타고 남정강을 건너고 있었다. 검일이 지키는 남정강 상류에서 두 번째 망루 쪽이었다.

"검일 장군은 들으시오. 패륜아 품석을 위해 싸우지 말고 차라리 우리 백제로 투항하시오. 어제도 봤겠지만 투항한 모척 장군은 물론, 그 가족들도 부여에서 잘 지내고 있소!"

강을 건너던 병사는 강 가운데 멈춰서서 망루를 향해 큰 소리로 말하고는 말머리를 돌려 갈마산으로 되돌아갔다.

"저, 저런……, 저놈을 그냥……!"

속마음을 들킨 검일은 당황하며 어쩔 줄 몰라 쩔쩔맸다. 습관처럼 주위를 두리번거리기까지 했다.

"장군, 진정하십시오. 저 놈들의 술책입니다."

병사 한 사람이 옆에서 위로를 했다.

하지만 검일의 마음속에는 또 다른 생각이 꿈틀거렸다.

'아내까지 빼앗긴 이 마당에 내가 정말 이렇게까지 해야 하나?'

검일의 마음이 바람결 따라 흔들리는 갈대 같았다. 누군가가 아내의 말만 해도 울컥 치미는 울화 때문에 눈앞이 어질어질할 때가 한두 번이 아니었다.

'그래, 나는 지금 내 아내도 소중하지만, 신라의 백성을 위해 이 성을 지키는 것이야. 정신 차리고 지켜라. 검일!'

검일은 스스로를 달래고, 스스로 다짐했다. 백제군에 투항한 모척에게도 욕을 하면서 애써 잊으려고 했다.

"장군, 괜찮습니까?"

죽죽이다. 옆 망루에서 나마 모척 대신에 사지 신분으로 성을 지키는 죽죽이 조금 전에 적군 병사가 하는 말을 듣고 달려왔다.

"죽죽, 걱정해 줘서 고맙네. 나는 괜찮다네."

"저런 속임수를 쓰는 백제군이 야비합니다. 모척 장군도 생각이 짧았고요."

"그러게 말일세. 그런 사람이 아닌데. 맺힌 게 많았던 모양이야!"

"맺힌 걸로 치면 검일 장군에 비하겠습니까? 그래도 장군께서는 잘 견디지 않습니까!"

죽죽은 은근히 아내를 빼앗기고도 잘 견디는 검일을 치켜세웠다.

"아, 아닐세. 우리는 이미 가족이 없는 사람들이나 다름없지. 자네도 가족을 안 본 지 꽤 오래되지 않았는가!"

"예, 그렇습니다. 그래도 우리는 백성을 위해 존재하지 않습니까. 장군, 저도 힘을 내서 이 대야성을 굳건히 지키겠습니다."

죽죽은 그렇게 검일과 오랫동안 이런저런 이야기로 시간을 보낸 뒤 새벽녘이 되어서 자신의 근무지로 돌아갔다.

'비록 나보다 아랫사람이긴 하지만 생각이나 마음 씀씀이가 성주감이야. 남의 마음을 이해하려는 따뜻한 마음과 올곧은 심성하며……!'

검일은 죽죽이 말한 것들과 그가 하는 생각들을 떠올리며 뒤척였다. 하지만 아내를 빼앗아간 품석을 생각하면 당장이라도 성을 떠나고 싶었다.

그 바람에 잠이 쉬 들지 않았다. 더워서 땀도 끈끈하게 났다.

"장군, 주무십니까?"

목소리를 낮춘 그림자가 검일의 숙소를 찾아왔다. 은밀한 몸놀림이 예사롭지 않았다.

"누, 누구냐?"

검일의 목소리도 그림자의 목소리처럼 낮고 긴장되어 있었다.

"잠깐……."

그림자는 소리 없이 검일의 방에 들어섰다. 신라 병사 차림의 건장한 장정이었다.

"장군께 이걸 전해드리기 위해 왔습니다."

그 사람이 내민 건 편지였다.

"이걸 누가⋯⋯?"

검일이 고개를 들었을 때는 이미 편지를 전해 준 장정은 바람처럼 사라지고 없었다.

"음, 저 정도의 몸놀림이라면 마음먹은 대로 다 할 수 있겠구나!"

검일은 몸을 부르르 떨었다.

한참 동안 넋이 나간 사람처럼 장정이 사라진 문을 바라보던 검일이 편지를 펴보았다.

검일, 나는 가족들과 편안하게 잘 지내고 있네.
자네가 진정 백성을 위한다면 대야성 문을 열게.
김춘추의 후광으로 패륜을 일삼는 품석을 위해
목숨을 바치는 일은 없기 바라네!

늘 자네를 지켜보는 우리 첩자가 있을 것이네.
투항하려면 하늘을 보고 기지개를 크게 켜게.
그러면 첩자가 접근할 것이고,
자네는 그 첩자와 내통하면 되네.

_____
내통: 외부의 조직이나 사람과 남몰래 관계를 가지고 통함.

검일은 짧은 편지를 읽으면서 손을 달달 떨었다.

"에이, 몹쓸 친구……!"

검일은 투덜대면서 편지를 구겨서 던져버렸다.

"아차, 큰일 나지!"

검일은 구겨서 던진 모척의 편지를 다시 주워서 호롱불에 태웠다.

"가만있어. 조금 전에 그 병사는 우리 신라……?"

검일은 벌떡 일어섰다. 그냥 지나칠 일이 아니다. 백제의 첩자가 신라군으로 변장해서 대야성에 산다는 게 있을 수 없는 일이다.

'아, 이 일을 어떡하나? 어두운 호롱불 밑이라서 얼굴을 똑똑히 못 봤어.'

검일은 슬그머니 자리에 앉았다.

'에이, 우리 쪽에서도 첩자를 보내지 않는가. 그래, 일개 병사가 기밀을 알아내면 얼마나 알아내려고……!'

검일은 다시 자리에 누웠다. 하지만 쉬 잠이 들지 않아 말똥말똥 천장만 바라보고 있었다.

"잘 지낸다니 다행이다. 제발 거기서는 높은 사람들에게 잘 보여서 마음 편히 살면 좋겠네!"

성주에게 늘 꾸중을 듣고 돌아서서 화를 내던 모척을 생각하다가 다시 자신의 처지를 돌아보게 되었다.

"흥, 내가 지금 모척을 걱정할 땐가!"

아내의 얼굴이 떠올랐다. 보는 사람마다 예쁘고 착하다던, 그래서 아내 복이 많다는 말을 듣게 한 아내가 지금은 품석에게 가 있지 않은가.

검일은 다시 벌떡 일어나 앉았다. 눈빛이 이글거렸다.

"모척의 말대로 내가 여기서 뭘 할 수 있어? 지금의 성주가 있는 한 내 몸도 내 마음대로 할 수 없는걸!"

검일은 눈물을 뚝뚝 흘렸다. 병사로 시작해서 나마가 될 때까지 신라를 위해 목숨을 걸고 싸웠던 생각을 하면 억울했다.

검일은 그렇게 앉아서 꼬박 밤을 샜다.

"장군, 밤잠을 설치셨습니까? 어째 얼굴이 푸석푸석하고 눈이 충혈이 되었습니다."

"죽죽, 아침 일찍 웬일인가?"

"순찰을 돌다가 장군을 보고 싶어서 왔지요."

"허허허……, 싱거운 사람하고는……!"

검일은 죽죽을 보고 너털웃음을 웃었다. 그러나 어두운 그림자 속에 긴장된 얼굴빛은 감추지 못했다.

"장군, 어젯밤에 무슨 일이 있었던 겁니까?"

"아닐세. 그냥 잠이 안 와서 뒤척였을 뿐이네."

검일은 죽죽의 눈길을 피하며 얼버무렸다.

죽죽도 더 묻지 않고 다른 이야기만 하다가 돌아갔다.

죽죽이 돌아가고 난 뒤 검일의 마음은 더욱 무거웠다. 아내를 빼앗아 간 품석을 생각하면 당장이라도 성을 떠나고 싶지만, 나라와 백성을 위해 애쓰는 병사들을 보면 그렇게 할 수 없어서 가슴이 아팠다.

　하지만 검일은 입술을 꼭 깨물었다. 이어서 하늘을 보고 기지개를 켰다.

　잠시 뒤 모자를 깊게 눌러 쓴 병사 한 명이 다가왔다. 검일이 고개를 끄덕이자 병사가 주변을 둘러보더니 귀엣말로 속삭이고는 사라졌다. 검일도 아무 일 없었던 것처럼 망루를 지켰다.

불에 탄 밤하늘

또 하루가 저물어갔다. 백제군이 진을 치고 있는 갈마산 꼭대기엔 노을빛이 홍시를 터뜨려놓은 것처럼 붉다.

죽죽은 검일이 있는 망루 쪽을 돌아보았다. 불안하고 걱정이 가득한 눈빛이었다.

"휴우-, 모척, 잘 지냅니까?"

고개를 설레설레 흔드는 죽죽의 입에서 한숨소리가 길게 터져 나왔다.

"비록 성주가 잘못이 있다고 해도 나라를 버릴 생각을 하다니요. 나라를 버리는 일은 가족과 나를 버리는 일이라는 걸 왜 몰랐습니까. 품석이 내 나라보다 더 큰 존재는 아닐 텐데 어찌 그런 결정을 했습니까!"

죽죽은 또 다른 모척이 나올까봐 걱정이 되었다. 특히 검일이다. 성주에게 아내를 빼앗긴 뒤로는 모든 일에 의욕이 없어졌다.

"나리, 이제 들어가셔서 좀 쉬십시오."

군사 한 명이 걱정에 잠긴 죽죽에게 다가왔다.

"그래, 알았다. 다른 망루에선 아무 일도 없다더냐?"

"백제군이 여태껏 조용한 걸 보면 또 밤에 집적거릴 모양입니다."

"그, 그렇지. 숙소에 갔다 오마!"

숙소로 가던 죽죽은 검일이 지키는 망루 쪽으로 발길을 돌렸다. 성곽에는 깃발이 펄럭이고 있었다.

"장군, 별일 없으십니까?"

"백제군이 저렇게 가만히 있는데 무슨 일이 있겠나."

"이참에 우리도 좀 쉬어가며 지킵시다."

죽죽은 검일을 보고 활짝 웃으며 인사를 한 뒤 숙소로 갔다.

검일은 갈마산을 건너다보았다. 횃불이 군데군데 밝혀 있어서 대낮처럼 밝았다. 그렇지만 백제군 진영을 자세히 볼 수는 없었다.

"어, 저건 뭐지?"

검일의 눈이 동그래졌다. 갈마산 끝자락에 불빛이 움직였다.

"응, 저긴 대양천인데, 저기서 뭘 하지?"

다른 강과 달리 북쪽으로 흐르는 대양천에 횃불을 든 사람들이 모여 있었다. 물속에서 무엇을 찾는 것 같았다.

"아하, 백제군들이 고기잡이를 하는구나. 저렇게 여유가 있을까? 아니야.

집적거리다: ①아무 일에나 함부로 손대거나 참견하다. ②말이나 행동으로 남을 건드려 성가시게 하다.

군량미가 떨어졌는지도 몰라. 에이, 아닐 거야. 그냥 물고기를 잡는 거겠지."

검일이 부하들에게 경계를 잘 하라고 당부한 뒤 숙소로 갔다. 숙소에 가도 쉬 잠들지 못했다.

다음 날 아침, 꼬박 뜬눈으로 밤을 샌 검일이 일찍 망루로 나갔다. 망루에는 여전히 병사들이 남정강과 갈마산을 노려보며 지켰다.

'저런 사위에게 대야성을 맡긴 김춘추 역시 신라를 위하는 사람인지 의심을 안 할 수 없어. 그런 걸 보면 죽죽이 진정한 충신이지!'

검일은 성주 품석 때문에 성을 떠나려고 마음먹다가도 죽죽을 생각하면 차마 발걸음이 떨어지지 않는다.

한편, 죽죽은 왠지 불안했다. 망루에 가만히 있지 못하고 서성거렸다.

"우리 군사들은 별일 없느냐?"

"나리, 몇 번이나 물어보십니까? 오늘따라 나리가 좀 이상합니다."

병사들이 불안해하는 죽죽을 바라보며 덩달아 불안해했다.

"그래. 미안하구나. 그런데 말이다. 오늘따라 가슴이 왜 이렇게 선들거리는지 모르겠다. 무슨 큰일이 일어날 것 같은 불안함에 가슴이 떨려!"

"백제군 아니면 무슨 일이 있겠습니까? 며칠 긴장을 해서 그런 걸 겁니다."

병사는 제자리로 가서 경계를 섰다.

그렇게 죽죽이 불안해하는 동안 아무 일 없이 하루가 저물었다.

"오늘따라 노을빛이 참 붉다."

"마치 하늘에 불이 난 것 같아!"

"오늘 밤에도 백제군들은 저대로 있을 건가?"

"이 대야성은 어쩌지 못할 거야."

병사들은 이런 저런 이야기로 밤을 맞이했다. 하지만 대야성을 포위한 백제군은 조용했다.

"너희들 잘 들어라. 이렇게 대치 중일 때는 눈에 보이는 적보다 눈에 안보이는 적을 더욱 조심해야 한다. 특히 첩자나 첩자의 간교에 넘어가는 우리 쪽 사람들을 경계해야 해!"

죽죽은 부하들에게 경계를 더욱 철저히 할 것을 당부한 뒤 관아로 갔다.

"성주님, 안에 계십니까?"

죽죽은 일부러 큰 소리로 알렸다.

"나리, 이 시각에 무슨 일입니까?"

서천이 조르르 달려 나왔다.

"안에 성주님 계시느냐?"

죽죽은 대답도 기다리지 않고 성주 품석의 방에 들어갔다. 방 안에는 차려진 술상 앞에 품석이 앉아 있고, 그 옆에 검일의 아내가 울상이 되어 앉아 있었다.

"이놈, 여기가 어디라고 문을 벌컥벌컥 열어!"

간교: 간사하고 교활함.

품석이 취한 눈으로 죽죽을 노려보았다.

"벌은 나중에 받겠습니다. 우선 이 술상부터 치우십시오. 지금은 적과 대치 중입니다. 일만 명이나 되는 백제군들이 우리 대야성을 포위하고 있다는 걸 잊었습니까?"

죽죽이 소리치자 품석은 눈을 동그랗게 뜨고 머리를 절레절레 흔들었다. 술기운을 털어내려는 몸짓이었다.

"이놈, 네가 지금 무슨 짓을 하고 있는 줄 아느냐? 감히 사지 주제에 이찬 도독에게 항명을 해. 오늘 네놈을 가만두지 않을 것이다."

품석은 비틀거리며 일어나서 병사들을 불렀다. 바깥에서 성주의 방을 지키던 병사들이 들어왔다.

"당장 저놈을 끌어내 옥에 가두어라!"

병사들이 죽죽의 양팔을 잡았다.

"잠깐 기다려라. 성주님, 죽죽 장군의 말씀이 옳습니다. 지금은 술로 시간을 보낼 때가 아닙니다."

서천이 나섰다. 얼굴을 찡그리고 성주와 죽죽을 번갈아 보며 간청을 했다.

"네놈까지……, 서천 네놈도 저놈을 닮았느냐? 괘씸한 놈들……!"

품석이 자리에 털썩 주저앉았다.

죽죽은 그런 성주를 보고 돌아섰다. 바깥이 걱정이 되어서 더 머물 수가 없었다.

항명: 명령이나 제지에 따르지 않고 반항함.

"서천, 백제군이 이틀 동안 움직이지 않았다. 그동안 공격을 하기 위해 전의를 가다듬었을 수도 있으니까, 오늘 밤에는 성주님 곁을 잘 지켜라. 만약에 무슨 일이 있으면 직접 총 지휘를 하셔야 한다."

죽죽은 선천에게 당부를 한 뒤 망루로 갔다. 아무 일도 없었다. 백제군의 움직임도 여느 날과 다른 점이 없었다.

"제발 저러다가 그냥 물러가면 좋겠다."

다른 때와 달리 죽죽은 전쟁이 무서웠다. 백제군이 밀고 들어오면 금세 대야성이 함락될 것만 같았다.

걱정을 하는 동안 시간이 흘러 밤이 깊었다. 초저녁에 서쪽으로 기울어져 있던 자루바가지를 닮은 북두칠성이 아래로 내려앉아 있었다.

"음, 벌써 자정이구나. 좀 쉬자."

죽죽이 망루를 내려가려고 몸을 돌렸다.

그때였다.

성안이 대낮처럼 밝아졌다.

"불이다. 불이야!"

죽죽이 소리쳤다.

불꽃은 이내 하늘로 치솟았다. 한 군데가 아니었다. 성안 곳곳에서 피어올라 어두운 하늘을 태우며 별까지 삼켜버릴 듯 긴 혀를 날름거렸다.

"저기가 어디야?"

전의: 싸우고자 하는 의욕.

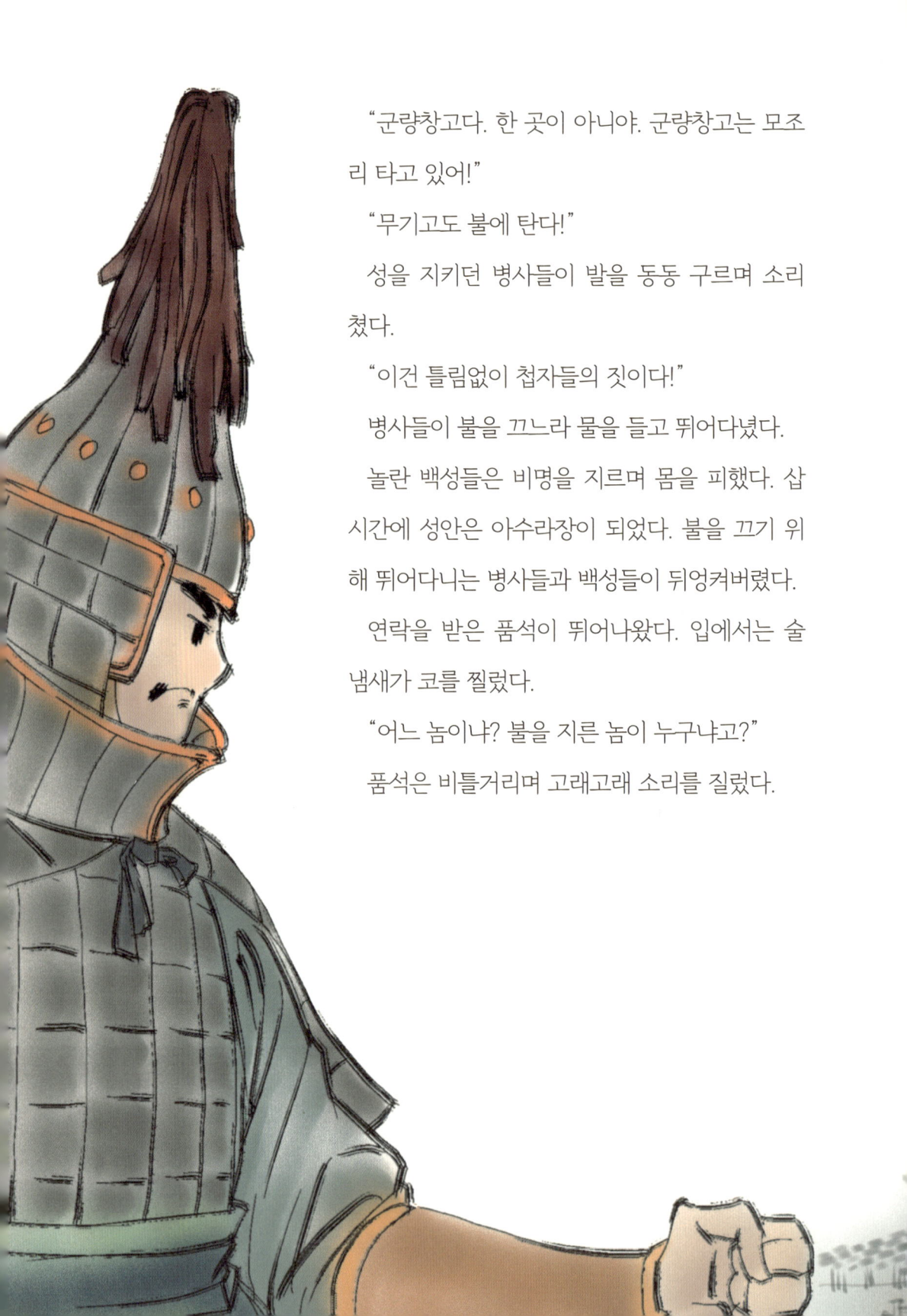

"군량창고다. 한 곳이 아니야. 군량창고는 모조리 타고 있어!"

"무기고도 불에 탄다!"

성을 지키던 병사들이 발을 동동 구르며 소리쳤다.

"이건 틀림없이 첩자들의 짓이다!"

병사들이 불을 끄느라 물을 들고 뛰어다녔다.

놀란 백성들은 비명을 지르며 몸을 피했다. 삽시간에 성안은 아수라장이 되었다. 불을 끄기 위해 뛰어다니는 병사들과 백성들이 뒤엉켜버렸다.

연락을 받은 품석이 뛰어나왔다. 입에서는 술냄새가 코를 찔렀다.

"어느 놈이냐? 불을 지른 놈이 누구냐고?"

품석은 비틀거리며 고래고래 소리를 질렀다.

"장군, 정신 차리십시오. 병사들이 곧 불을 끌 것입니다."

어느 여인이 비틀거리는 품석의 팔을 잡아 부축했다.

"오, 부인이구려. 내가 지키는 대야성이 불타고 있소!"

품석은 아내 고타소랑을 붙들고 몸부림을 쳤다. 하지만 이미 불길에 휩싸인 군량창고는 그 형체를 알아볼 수 없었다.

"장군, 지금 이러고 있을 때가 아닙니다. 장군께서 정신을 차리셔서 병사들의 마음을 모아야 합니다. 밖에는 백제군이 노리고 있지 않습니까!"

고타소랑은 품석의 팔을 잡고 소리쳤다. 일렁이는 불빛에 비친 그녀의 얼굴은 많이 초췌해 보였다. 몸도 갈대처럼 하늘거렸지만 목소리만큼은 대나무처럼 꼿꼿했다.

"아, 알았소. 내가 왜 정신을 못 차리지?"

초췌하다: 병, 근심, 고생 따위로 얼굴이나 몸이
여위고 낯빛이나 살색이 핏기가 없음.

품석은 아내 고타소랑의 말에 눈을 껌벅거리더니 보좌관 서천을 불렀다.

"너는 장수들을 불러라. 모두 관아로 불러라."

품석은 아내 고타소랑의 부축을 받으며 관아로 들어갔다.

품석의 방에는 술상이 어지럽게 흩어져 있었다.

"누구······? 이 난리 통에 이 사람은 누굽니까?"

고타소랑이 방에 들어서다가 화들짝 놀랐다.

"저, 아, 아무도······, 그, 그래, 관기요. 너는 썩 물러가거라!"

품석이 말을 더듬으며 내쫓은 여인은 바로 검일의 아내였다. 천하에 패륜아 품석도 아내 앞에서는 몹쓸 짓을 한 게 부끄러웠던 모양이다. 하긴 이런 상황에서 무슨 낯으로 떳떳하겠는가.

"장군, 저 여인은 누굽니까?"

고타소랑이 정색을 하고 물었다.

"저, 그게······."

"검일 장군의 아내 맞지요? 저도 소문을 들어서 알고 있습니다. 하지만 저는 헛소문으로 여기고 싶었습니다."

고타소랑은 품석의 잘못을 낱낱이 들추면서 나무랐다. 품석은 아내 고타소랑에게 꾸중을 들으면서 고양이 앞에 쥐처럼 앉아서 아무 말도 하지 못했다.

"성주님, 장수들이 왔습니다."

서천이다. 서천과 보좌관들이 성을 돌며 장수들을 데리고 왔다.

관기: 궁중 또는 관청에 속하여 노래와 춤, 악기를 연주하던 기생

고타소랑은 옆으로 멀찍이 물러났다.

"어서 안으로 들게 하라."

보좌관들이 데리고 온 장수들이 방으로 들어섰다. 얼굴에 검정이 묻은 장수도 있고, 갑옷이 물에 젖은 장수도 있었다.

"다 온 건가?"

"아닙니다. 검일 장수가 없었습니다. 부하들 몇 명과 함께 사라졌습니다."

보좌관 한 사람이 나서서 보고했다.

"무기고와 군량 창고는 어떠하냐?"

"불은 많이 잡았으나, 이미 안에 있는 양곡과 무기들은 못 쓰게 되었습니다."

보좌관 서천이 앞으로 나섰다.

"내일 당장 아침밥을 지어야 할 쌀과 부식도 없습니다. 백제군이 포위를 하고 있는 터라 바깥에서 아무 것도 갖고 들어올 수 없어서 백성들까지 굶게 되었습니다."

서천의 보고를 받은 품석이 그 자리에 털썩 주저앉았다.

"성주님, 백제 장수 윤충이 보낸 서찰입니다."

망연자실하고 있는 품석의 앞에 성을 지키던 병사가 들어와서 편지를 내밀었다. 품석은 윤충이라는 말을 듣고 화들짝 일어서며 편지를 뺏듯 받아들었다. 편지를 들고 있는 손이 달달 떨렸다.

양곡: 양식으로 쓰는 곡식.
부식: 주식에 곁들여 먹는 음식. 밥에 딸린 반찬 따위를 이른다.
망연자실(茫然自失): 멍하니 정신을 잃음.

"성주님, 어서 펴 보십시오."

서천이 편지만 들고 서서 어쩔 줄 몰라 쩔쩔매는 품석을 불렀다.

"아, 알았네!"

품석이 떨리는 손으로 편지를 읽었다.

"음!"

품석의 입에서 무거운 신음소리가 났다. 얼굴빛도 어두워졌다.

"성주님 뭐라고 합니까?"

장수들 눈길이 품석의 입으로 몰렸다.

"불을 지른 검일과 그 부하들은 이미 백제군에 투항을 했으니, 우리더러 항복을 하라네. 항복을 하면 살려 주겠다고! 하하하……!"

품석이 큰 소리로 웃었다. 관아를 쩌렁쩌렁 울리던 품석의 웃음소리가 점점 울음으로 바뀌면서 품석이 몸부림쳤다.

하지만 이미 돌이킬 수 없는 일이 되고 말았다.

품석은 어둠을 틈타 서라벌에 전령을 보냈다. 하지만 대야성까지 지원병이 도착하려면 며칠을 기다려야 한다.

"얼마나 견딜 수 있느냐?"

품석이 물었다.

"이제는 하루도 견디기 힘듭니다. 군량 창고가 모두 타버리는 바람에 아무 것도 없습니다."

먹을 게 없으면 백성들과 병사들은 폭동을 일으킬 수 있다고 모두 걱정을 했다.

"성주님, 서라벌에서 지원병이 온다고 해도 금세 백제군의 포위를 뚫고 식량을 해결할 수는 없을 것입니다. 그러니 지금으로써는 협상을 한 뒤 백성들과 우리 병사들의 굶주림부터 해결하는 게 먼저입니다."

"안 됩니다. 어떤 방법으로든지 우리 스스로 이겨내야 합니다. 만약에 항복하게 되면 우리의 목숨은 물론 신라의 운명도 풍전등화입니다."

항복하자는 장수들과 끝까지 싸우자는 장수들의 의견이 팽팽했다.

"그러면 내가 윤충에게 서찰을 보내 그의 생각을 알아보겠다."

품석은 전령을 시켜 항복하게 되면 정말로 군사들과 백성들의 목숨을 보장할 수 있는지 묻는 편지를 보냈다.

답신은 금세 왔다. 전령이 선걸음에 받아온 것이다.

풍전등화: 바람 앞에 등불이라는 뜻으로, 매우 위태로운 처지에 놓여 있음을 비유적으로 이르는 말.
선걸음: 이미 내디뎌 걷고 있는 그대로의 걸음. 이왕 나선 걸음.

"뭐라고 합니까?"

장수 한 사람이 긴장한 표정으로 물었다.

"음, 우리 생각대로 대야성 안에 살아 있는 목숨은 모두 보장하겠다고 하네!"

품석의 얼굴에 끼어 있던 걱정이 사라졌다.

"안 됩니다. 그 말을 어떻게 믿습니까? 백제군은 거짓말을 하는 겁니다. 대야성을 뺏기 위해서는 더한 거짓말도 할 겁니다. 제발 그 말에 속지 마십시오!"

죽죽이다. 죽죽은 펄쩍 뛰었다.

"이 상황에서 자네는 하룻들 견딜 수 있겠나? 그리고 활과 창·칼이 모두 타 버리고 없는 이 마당에 지금이라도 백제군이 쳐들어온다면 무엇으로 막을 것인가?"

"그래, 윤충은 백제의 대장군이야. 그런 인물이 거짓말을 하겠는가!"

"항복을 하면 희생을 막고, 나중을 기약할 수 있지 않은가."

몇몇 장수들이 성주 품석의 판단대로 따르자고 했다.

"우리는 모두 화랑입니다. 우리는 훈련을 받으면서 임전무퇴의 정신도 함께 배웠습니다. 그리고 윤충의 말대로 항복을 하면 우리를 그냥 놔두겠습니까? 모르긴 해도 노비로 부리거나 죽일 겁니다. 그렇게 한다고 해도 우리는 할 말이 없지요. 전쟁터에서 적군의 말 한 마디에 항복을 한다는 게 얼마나 어리석은 행동입니까?"

죽죽이 고집을 부렸다.

"이것 봐. 자네는 여기 끼일 위인이 못 돼. 여긴 모두 나마 이상 장수들이라고, 겨우 사지 주제에 어디서 감 놔라, 배 놔라 하고 있는가!"

장수들은 죽죽의 고집을 꺾을 수 없을 것 같으니까 직품으로 억눌렀다.

"예, 좋습니다. 그러하시다면 저는 이곳을 나가겠습니다. 하지만, 제게는 항복이라는 말은 없습니다!"

죽죽이 벌떡 일어나서 밖으로 나가 버렸다.

품석의 방을 나온 죽죽은 망루로 갔다. 망루에서는 병사들이 지쳐서 쓰러진 듯 앉아 있었다. 불을 끄면서 화상을 입거나 다친 병사도 있었다.

"나리, 어찌하겠답니까?"

"항복을 하겠단다. 하지만 아직 결정이 난 것은 아니니 기다려 보자."

"그러면, 결정도 나지 않았는데 나리는 왜 오셨습니까?"

"허허허, 글쎄다. 나는 직품이 낮아서 참석할 자격이 없다는구먼."

죽죽도 힘이 빠져서 성벽에 기대앉았다.

직품: 벼슬의 품계, 계급.

대야성의 운명

날이 밝았다. 지난밤 불길이 지나간 창고들은 모두 타서 재만 남거나, 물을 머금고 새까맣게 탄 채 흉물스럽게 서 있었다. 아직도 남은 불씨는 여기저기 숨어서 연기를 모락모락 피워 올렸다.

"저 연기가 마치 세작들 같구먼!"

죽죽이 주먹을 불끈 쥐며 피어오르는 연기를 바라보았다.

대야주 백성들도 지난 밤 악몽에서 헤어나지 못하고 삼삼오오 모여서 걱정을 하고 있었다.

"철옹성이라고 믿은 대야성이 백제군에게 함락되는 건 아닌지 모르겠어!"

"설마……, 창고만 탔지, 성이 탄 건 아니잖은가!"

"아니지. 군량미 창고가 탔는데 무슨 재주로 버티겠나?"

백성들의 걱정은 눈덩이처럼 커졌다.

한편 서라벌에서는 마음이 바빠졌다. 춘추공의 가슴이 바짝바짝 타 들어

세작: 스파이, 첩자.

갔고, 상대등 알천공과 김유신 장군도 몸과 마음이 바빠졌다.

"상대등 어른, 전군을 대야성으로 보내는 게 어떻습니까?"

춘추공과 김유신 장군이 상대등의 생각을 물었다.

"대야성에 전군을 보낸다는 건 위험천만한 일이요. 대야성은 그 자체만으로도 몇 만의 군사를 능가하오. 지원병이 갈 때까지 안에서 잘 버텨 주기만 하면 백제군도 어쩔 수 없을 것이요. 그리고 지금 전군이 움직이면 더 늦어지니까 적은 병력이 신속하게 움직이는 게 더 효과가 있을 것이요."

상대등 알천공은 소수 정예부대를 보내는 게 더 효율적이라고 했다.

"상대등 어른, 조금 전에 대야성에서 전령이 왔습니다. 그 전령에 따르면 군량미 창고와 무기고가 모두 불타버렸다고 합니다."

병사 한 사람이 뛰어 들어와서 보고를 했다.

"알천공, 매우 급하게 됐습니다."

"우선 몸이 빠른 군사 삼천 명과 양곡을 보내도록 하시오!"

상대등 알천공의 명령을 받은 춘추공과 김유신 장군은 서둘러 삼천의 군사를 대야성으로 보냈다. 거기에는 춘추공의 아들 법민도 앞장서서 달렸다.

"누님, 조금만 참으십시오. 이 동생이 누님과 매형을 꼭 구하겠습니다!"

법민은 남달리 좋아하는 누이 고타소랑이 위험에 빠졌다는 말에 혼자서라도 가겠다고 나섰던 인물이다.

하지만 대야성 성주 품석은 그런 법민의 마음을 기다려 주지 않았다.

"잘 들어라. 이렇게는 더 버티지 못한다. 지원군이 도착하기 전에 우리는 백제군에게 모두 죽고 말 것이다. 해서 나는 백제군에게 우선 항복을 하고 이 대야성 문을 열어 주려고 한다!"

성주 품석은 항복을 해서 우선 목숨을 건진 뒤 다시 성을 되찾자고 했다.

장수들과 병사들 대부분은 성주의 말을 따르겠다고 했다.

"성주님, 그건 안 됩니다. 성문을 여는 그 순간부터 우리의 목숨은 백제군 손안에 있습니다!"

죽죽이 펄쩍 뛰면서 반대했다.

"이것 봐. 자네가 병사들과 저 백성들의 목숨을 보장할 수 있는가?"

"고집을 꺾게. 개구리가 멀리 뛰기 위해 몸을 움츠리는 것이라 여기란 말이네!"

품석을 에워싼 장수들이 죽죽을 달랬다.

하지만 죽죽은 고집을 꺾지 않았다.

"개구리는 뛸 힘이 있기 때문에 뒷다리를 움츠리는 것입니다. 그런데 우리는 힘이 없습니다. 힘이 없는 우리가 움츠리면 나중에 무슨 힘으로 다시 뛰어오른다 말입니까? 저는 항복하지 않겠습니다. 혼자서라도 끝까지 싸우겠습니다. 내 목숨이 붙어 있는 한 백제군은 이 대야성에 단 한 발도 들여놓을 수 없습니다!"

죽죽은 항복을 반대하는 병사들과 성루로 올라갔다.

강 상류 쪽 절벽 아래 물 마른 강바닥에는 이미 백제군이 진을 치고 있었다. 금세라도 밀고 들어올 기세였다.

"아니, 벌써 백제군이……! 너희들은 성문으로 가라. 우리 목숨이 붙어 있는 한 백제군은 한 명도 들어올 수 없다!"

일부 군사들에게 성문을 지키게 했다. 어떤 일이 있어도 성문을 열어서는 안 된다는 당부도 잊지 않았다.

그때였다.

"대야성 성주 품석은 들어라. 성은 물샐 틈 없이 포위됐다. 대야주 백성들을 살리고 너희들도 살려거든 당장 성문을 열고 항복하라! 그렇지 않으면 수많은 우리 첩자들이 내란을 일으키고 성문을 열 것이다. 그때는 너희들 목숨은 보장할 수 없다!"

백제군 장수 윤충이 말 위에 높이 앉아 대야성을 쳐다보고 소리쳤다.

품석은 윤충의 목소리를 듣고 온몸을 부르르 떨었다.

"전령을 내보내서 우리의 목숨을 보장한다는 약속을 받아오게!"

장수들과 마음 졸이며 지켜보던 품석은 적장이 코앞에서 소리치자 어찌할 바를 모르고 벌벌 떨었다.

"성주님, 진정하십시오. 이미 우리 병사들과 백성들의 목숨은 살려 준다고 약속했습니다."

서천이 나서서 말했다.

"성주님, 조금 더 견딜 수 없습니까? 곧 서라벌에서 지원병이 도착할 겁니다."

고타소랑이다. 뒤에 물러나서 지켜보던 품석의 아내이자 춘추공의 딸인 고타소랑은 항복하는 것을 반대했다.

"부인, 하지만, 지금 상황은……!"

"지금 항복하지 않으면 더 많은 희생을 가져올 수도 있습니다. 그리고 서라벌에서 지원병이 도착해도 금세 성으로 들어올 수 없고요!"

장수들이 머리를 흔들며 고타소랑의 말을 막았다. 고타소랑은 더 말하지 못하고 방을 나가 버렸다. 밖으로 나온 고타소랑은 관아 정자에 올라 갈마산 쪽 하늘을 쳐다보았다. 하늘이 파랬다. 구름 한 점 없는 하늘은 눈이 시릴 만큼 파랬다.

"하늘은 저렇게 맑은데 내 마음은 잔뜩 흐리구나. 어머니가 보고 싶다. 아버지도 걱정을 많이 하시겠지!"

고타소랑의 눈에서 눈물이 주르륵 흘러내렸다.

"이제 와서 후회를 한들 무슨 소용이 있겠나. 다 내 탓이야. 내 탓!"

고타소랑은 품석의 잘못을 자신의 탓으로 여기고 있었다.

술을 좋아하는 것도, 남의 여자를 탐내는 것도 모두 자신이 못나서 그런 것이라고 생각했다.

"아버지, 어머니 죄송합니다. 소녀, 자라면서 부모님께 받은 것이 참으로 많은데 모두 허사로 만들고 있습니다. 용서하십시오. 그리고 내 동생 법민아, 사랑한다."

허사: 헛일.

고타소랑은 한참 동안 서서 하늘을 바라보았다. 파란 하늘을 바라보는 고타소랑 눈꼬리에 맺힌 눈물이 귓불을 타고 주르륵 흘러내렸다.

그때였다. 군사들의 발걸음 소리가 다급하게 들렸다.

"어서 문을 열어라!"

수많은 발걸음 소리 가운데서 성주 품석의 목소리가 들렸다.

"아-, 기어이 문을 열어 주는구나!"

고타소랑이 탄식을 하며 성문 쪽으로 걸어갔다.

"성주님, 안 됩니다. 성문을 열면 우린 모두 죽은 목숨입니다."

죽죽이 품석의 앞을 가로막았다. 죽죽을 따르는 군사들도 성문을 막고 섰다.

"네놈이 기어이 대야주 백성들을 다 죽일 셈이냐?"

품석이 길길이 뛰었다.

"성주님, 만약 저들의 말대로 첩자들이 내란을 일으키고 성문을 열 수 있다면 왜 구태여 우리보고 성문을 열라고 하겠습니까! 이건 함정입니다!"

죽죽이 죽기를 각오하고 품석 앞을 막아섰다.

"어젯밤에 창고에 불을 지른 걸 보면 모르느냐? 저들은 언제든지 마음만 먹으면 스스로 성문을 열 수 있다!"

"아닙니다. 우리 병사들이 경계를 소홀히 해서 그런 것이지. 결코 첩자들이 강해서 그런 게 아닙니다."

"지금은 어떤 말도 내 귀에 안 들어온다. 썩 비켜서라!"

품석은 죽죽을 왈칵 밀어젖히고 성문 쪽으로 걸어갔다.

그 모습을 바라보던 고타소랑은 고개를 실레실레 흔들었다.

"성주님, 저 백제 장수 윤충의 말을 들으면 안 됩니다. 윤충은 기만전술을 쓰는 것입니다. 만약 이 문을 열어 주면 우리를 모두 죽일 것입니다."

죽죽이 성주 품석의 등을 향해 소리쳤다. 하지만 품석은 무엇에 홀린 사람처럼 성문을 향해 걸어갔다.

"어서 성문을 열어라!"

품석이 군사들에게 성문을 열고 항복하라고 명령했다.

"성주님, 조금만 참으면 서라벌에서 지원병이 올 것입니다. 그때까지만 견디십시오!"

하지만 성주 품석은 죽죽의 말을 들은 채도 않고 부하들을 앞세워 성문을 열었다.

"자, 나가서 윤충 장군을 맞이하라!"

품석이 군사들에게 소리쳤다. 그 옆에는 고타소랑이 눈물을 흘리며 서 있었다.

"성주님, 이 일을 어떻게 감당하시려고 이러십니까? 대야주 백성들은 어떻게 하시렵니까?"

죽죽이 땅에 엎드려 통곡을 했다. 죽죽을 따르는 몇 백 명의 군사들도 그 뒤에 꿇어 엎드렸다.

기만전술: 상대편을 속이기 위하여 거짓으로 꾸민 전술

"너희들로 인해 우리 목숨이 위태로우면 안 되니까 저리 비켜라."

품석은 군사들을 시켜 죽죽과 그 군사들을 모두 성안으로 몰아넣었다.

그때였다.

"으악!"

"아악, 속았다!"

"백제군이 거짓말을 했다."

"성문을 닫아라!"

성문이 열리자 백제 군사들이 기다렸다는 듯이 함성을 지르며 밀고 들어와서 칼을 휘둘렀다. 성문 앞에 있던 신라 군사들은 저항 한 번 못하고 그 자리에 쓰러졌다.

"아니, 이게 무슨 소린가?"

아내 고타소랑과 함께 성문을 바라보던 품석이 화들짝 놀랐다.

"성주님, 우리가 속았습니다. 백제군들이 성문 밖에서 기다리고 있다가 성문이 열리자 밀고 들어오면서 우리 군사들을 모두 해치고 있습니다."

서천이다. 서천은 얼굴이 파랗게 질려 품석 앞에 섰다.

"이 사람아, 항복을 하면 목숨은 살려 준다고 하지 않았는가?"

"그랬지요. 그런데 저들의 마음이 변했는지 우리 군사들을 모조리……!"

"아, 이 일을 어찌하면 좋단 말인가!"

품석은 하늘을 쳐다보고 울부짖었다.

그러나 이미 늦었다. 열린 성문을 통해 백제 군사들이 물밀듯이 들이닥쳤다.

내야성은 순식간에 아수라상이 되고 말았다.

이미 무기를 모두 버린 신라 군사들은 저항 한 번 못해보고 백제 군사들의 창칼에 쓰러지고 말았다.

"어서 몸을 피하시오."

품석이 아내 고타소랑의 손을 잡고 대야주 쪽으로 몸을 돌렸다.

"이미 늦었습니다. 밀고 들어오는 백제 군사들을 막아야지요."

고타소랑이 품석의 손을 뿌리치며 성문을 바라보고 꼼짝도 하지 않았다.

"몸을 피하십시오. 여기는 우리가 지키겠습니다."

죽죽이 군사 몇 명을 데리고 나타났다.

"그래 자네만 믿네!"

품석은 죽죽의 손을 잡고 고개를 끄덕였다.

"모두 물러서지 말고 싸워라. 이미 성문은 열렸지만, 우리는 이 성을 지켜야 한다!"

하지만 죽죽의 고함은 허공에서 맴돌 뿐이었다.

전의를 잃은 신라군은 이미 오합지졸에 불과했다. 이리저리 피하면서 도망가기 급급했고, 칼 한 번 휘둘러 보지 못한 채 백제군의 칼에 쓰러졌다.

"자, 우선 피해서 재정비를 하자. 성주님도 저희들과 함께 몸을 피하십시오."

"알았네. 자네부터 서두르게!"

오합지졸(烏合之卒): 까마귀가 모인 것처럼 질서가 없이 모인 병졸이라는 뜻으로, 임시로 모여들어서 규율이 없고 무질서한 병졸 또는 군중을 이르는 말.

"그러면 저희들부터……."

죽죽은 부하들을 데리고 어둠 속으로 사라졌다.

"우리도 갑시다."

품석은 눈물을 주르륵 흘리며 고타소랑과 함께 성문 쪽으로 걸어갔다.

"이쪽은……?"

"맞소. 성문으로 가는 길이요."

두 사람은 쫓고 쫓기는 군사들을 피해 성문을 향해 걸었다. 발걸음에 힘이 없었다.

"내가 간다. 신라 병사들을 죽이지 마라!"

품석은 실성한 사람처럼 중얼거리며 성문을 향해 비틀거리며 걸어갔다. 아내 고타소랑도 품석에게 끌려가듯 뒤를 따랐다.

"성주다!"

"성주 품석이 나타났다!"

백제 군사들이 소리쳤다.

"모두 멈추어라!"

이어서 우레와 같은 목소리가 들리자 백제 군사들이 창과 칼을 거두고 한쪽으로 물러났다.

마당에는 신라 군사들이 쓰러져 있었다. 피를 흘리며 고통스러워하는 군사들, 꼼짝도 하지 않고 쓰러져 있는 건 모두 신라 군사들이었다.

"아, 차마 눈 뜨고 못 보겠다!"

품석이 그 자리에 털썩 주저앉았다. 고타소랑도 얼굴을 돌렸다.

"어서 묶어라!"

그 한 마디에 품석과 고타소랑의 몸은 자유를 잃었다.

양손을 뒤로하고 팔과 몸이 꽁꽁 묶여 버렸다.

"아, 어찌 일개 장수라는 인물이 한 입에 두 말을 하느냐?"

품석이 눈물을 흘리며 소리쳤지만,

누구도 그 말을 들어주는 사람이 없었다.

꽃을 피운 대나무

"너희들은 지금부터 일당백으로 싸워야 한다. 우리는 더 이상 물러설 곳이 없으며, 물러서면 곧 백성들과 함께 죽게 될 것이다!"

"예, 죽을 각오로 장군을 따를 것입니다."

대야주 민가로 몸을 피한 죽죽과 백 명도 안 되는 신라 병사들은 다시 전의를 다졌다.

"가자. 목숨이 붙어 있는 한 절대로 물러서지 마라!"

죽죽은 칼을 높이 들고 성문을 향해 앞장섰다.

"아, 저건 대꽃……!"

작은 마을을 돌아 나올 때였다. 죽죽을 따르던 병사 하나가 걸음을 멈추고 대나무 밭을 가리켰다. 작은 대나무 밭에 노란 꽃 한 송이가 벼 이삭처럼 피어 있었다.

"장군, 신기하지 않습니까?"

"그렇습니다. 대나무가 꽃을 피운 모습은 처음 봅니다."

군사들이 대나무 밭에서 걸음을 멈추었다.

"참 귀한 꽃이구나. 이 꽃이 피면 봉황이 날아든다는데……!"

죽죽이 어렸을 때 마을 노인에게 들었던 말이 생각났다.

"허허, 평생 한 번 보기도 어렵다는 대꽃을 나는 두 번씩이나 보는구나!"

죽죽이 꽃가루가 묻어나는 한 송이 대꽃을 손바닥으로 받쳐 들며 중얼거렸다.

"장군께서 언제 또 대꽃을 보셨습니까?"

"내가 어렸을 때 우리 마을에 대꽃이 피었지!"

"그때 정말 봉황이 날아왔습니까?"

병사들은 곧 적들과 싸워야 한다는 것도 잊은 채 아이들처럼 묻고 또 물었다.

"그냥 그렇다는 이야기지 뭐."

죽죽도 싱긋 웃으며 손을 내저었다.

"어 여기도 피네!"

"여기도 있어!"

"마치 벼 이삭 같아!"

병사들은 대밭으로 들어가서 드문드문 피어나는 대꽃을 만지며 소리쳤다. 냄새를 맡는 군사도 있었고, 혀를 내밀어 맛을 보는 군사도 있었다.

대꽃을 만지는 군사들의 표정이 당장 전쟁을 치러야 하는 군사들의 표정이 아니었다. 온화하고 따뜻한 얼굴로 웃음까지 배어 있는 평화로운 얼굴들이었다.

그때였다.

"하하하, 전쟁 중에도 꽃을 감상하다니……, 하하하하……!"

평화를 깨는 웃음소리가 들렸다.

"앗, 백제군이다!"

대꽃에 취해 있던 신라 군사들이 화들짝 놀랐다.

"쳐라!"

죽죽이 군사들을 돌아보고 소리쳤다.

"잠깐, 죽죽이 아닌가. 이 사람 오랜만일세!"

백제군 한 무리가 죽죽 일행 앞을 막고 섰다. 앞장선 사람은 다름이 아닌 모척이었다.

"음, 어찌 그 발로 다시 이 대야성을 밟는 거요?"

죽죽은 눈을 부라리며 모척을 바라보았다.

금세라도 칼을 휘두를 기세다.

"섭섭하구먼. 지난 정을 생각해서라도 살갑게 대해줄 줄 알았는데!"

모척은 싱글싱글 웃으며 죽죽과 신라 군사들을 바라보았다.

"그 정은 이미 당신이 버리고 간 것이 아니요?"

죽죽도 지지 않고 이죽거렸다. 상관이 아닌 적으로 만나 곧 서로를 향해 칼을 휘두르며 싸울 처지가 된 것이다. 모척의 얼굴빛이 싸늘하게 변했다.

"윤충 장군께 자네 이야기를 했더니, 자네 같으면 백제에서 받아주겠다고 하더군. 그렇게라도 자네는 살리고 싶네."

정색을 하고 말을 하는 모척의 눈에는 살기가 돌았다. 죽죽이 어떻게 대답하느냐에 따라서 죽을 수도 살 수도 있다는 눈치였다.

"모척 장군, 방금 품석과 그 아내를 참형했네."

검일이었다. 검일의 뒤에도 백제 군사 한 무리가 따랐다.

"오, 그랬군. 마땅히 벌을 받을 사람이었으니 억울한 일도 아니지. 마침 반가운 얼굴을 만나서 이렇게 환담을 하고 있네!"

모척이 얼굴빛을 바꾸며 너스레를 떨었다.

"누구, 아, 죽죽 자네였구먼!"

검일이 흠칫 놀라는 듯 하더니 이내 웃는 얼굴로 죽죽을 반겼다.

"두 분은 무슨 얼굴로 여기 나타났습니까?"

"죽죽 그러지 말게. 자네도 알다시피 어쩔 수 없는 일이었잖은가."

검일이 손사래를 치며 변명을 늘어 놓았다.

"지금의 행동은 그 어떤 말로도 정당화할 수 없소. 쳐라!"

참형: 목을 베어 죽임. 또는 그런 형벌.
환담: 정답고 즐겁게 서로 이야기함. 또는 그런 이야기.

죽죽이 칼을 휘둘렀다. 그의 뒤를 따르던 신라 병사들도 칼을 휘두르며 백제군을 향해 돌진했다. 마치 불을 향해 날아드는 부나비처럼 몸을 날렸다.

"될 수 있으면 죽죽은 사로잡도록 하라!"

검일이 신라군을 막아서는 백제 군사들을 향해 소리쳤다.

"저런데 살려서 뭘 하게?"

모척이 검일을 돌아보았다.

"살려야 하네. 죽죽은 죽이기 아까운 사람이야!"

"전쟁에서 적이 아깝다고 살려 주면 어떻게 이기겠나? 저 사람을 살리려다가 우리 군사들만 상하겠어!"

"뭐, 우리 군사……?"

모척이 백제군을 우리 군사라고 하자 검일은 잠깐 어리둥절했다.

"그래, 우리 백제군사 말일세!"

"아, 그, 그래도 죽죽은 우리랑 남달리 지냈지 않은가!"

"옛날을 버리게. 바꿀 것 같으면 뼛속까지 바꿔야지!"

모척은 검일의 말이 못마땅한지 입을 씰룩거리며 죽죽을 향해 달려갔다.

"아, 저러면 안 되는데!"

검일은 그런 모척을 붙잡지 못하고 그 자리에 엉거주춤 서 있기만 했다.

"죽죽 네 이놈, 검일 장군의 자비로운 마음과 옛날 정을 생각해서 살려 주려고 했더니 네놈이 스스로 명을 재촉하는구나!"

말을 탄 모척은 백제군에 둘러싸여 허둥대는 몇 안 되는
신라 군사들을 향해 돌진했다. 백제 군사들이 옆으로 길을
내주자, 기세등등하게 진영으로 들어간 모척은 칼을 휘둘러
남은 신라 군사들을 쓰러뜨렸다.

"흥, 오늘의 당신 모습은 후대에 영원히 남을 것이요!"

땀에 흠뻑 젖은 죽죽이 모척 앞을 가로막았다. 이미 몸에는 백제 군사들이 휘두른 창칼에 상처를 많이 입은 뒤였다.

"오냐, 마음대로 지껄여라. 내게는 오늘이 소중하다."

모척이 말에서 내렸다.

"허허, 그 더러운 발로 대야성을 디디다니, 내 오늘은 당신을 용서하지 않겠소!"

죽죽이 칼을 휘두르며 모척을 향해 몸을 날렸다.

기세등등: 기세가 매우 높고 힘찬 모양.

하지만 이미 크고 작은 상처를 입은 죽죽의 몸은 맷돌을 짊어진 듯 발걸음 옮기는 것조차 힘들어 보였다.

"이제 대야성 안에 신라 군사들은 네놈 말고는 한 놈도 남지 않았다. 우리 백제 군사들이 다 해치웠으니 말이다. 그 보잘것없는 목숨 하나라도 보전하고 싶거든 그 자리에 무릎을 꿇어라!"

모척이 여유롭게 죽죽을 향해 호통을 쳤다.

"이보게, 모척 장군, 잠깐 뒤로 물러나게."

그때 백제 군사들을 총지휘하는 윤충 장군이 군사들을 이끌고 나타났다.

"예, 장군!"

목과 어깨에 힘이 들어가 당당하던 모척이 허리를 굽히며 뒤로 물러났다.

"이보게, 자네가 죽죽인가?"

"그렇다. 내 이름을 함부로 부르지 마라!"

윤충 장군이 죽죽을 바라보고 목소리를 가다듬자 죽죽이 소리를 질렀다.

"허허, 썩어 빠진 신라에 태어난 게 아까운 인물구나. 어떠냐? 네가 항복을 하면 목숨은 물론, 우리 백제군의 장수로 받아들이겠다."

"하하하, 그 더러운 입으로 저 두 사람을 백제의 개로 만들었지만, 나는 그리 안 될 것이다. 내가 이 자리에서 혀를 깨물고 죽었으면 죽었지 어찌 백제의 개 노릇을 하겠느냐!"

죽죽은 칼을 바투 잡았다.

백제 군사들도 창칼을 들고 공격할 태세를 갖췄다.

"그만!"

윤충 장군은 손을 들어 백제군들의 동요를 막았다.

"죽죽, 자네의 그 대쪽 같은 절개가 마음에 들어서 한 번 더 권하니, 백제의 장군이 될 의향은 없는가?"

윤충 장군은 왼쪽 허리에 찬 칼을 만지작거렸다.

"짐승의 방귀소리보다 못한 말을 함부로 내뱉지 마라. 내 너를 죽이고 내 귀를 저 남정강물에 깨끗이 씻을 것이다!"

죽죽이 칼을 휘두르며 윤충을 향해 달려갔다. 하지만 기다리고 있던 백제 군사들이 죽죽의 앞을 가로막았다.

"어서 길을 비켜라!"

죽죽이 칼을 휘둘렀다.

백제의 군사들이 비명을 지르며 쓰러졌다.

"장군, 저 놈은 항복할 놈이 아닙니다."

모척이 윤충 장군 앞으로 나서서 허리를 숙였다.

"자네는 물러나 있게!"

윤충 장군은 모척을 힐끔 돌아보았다. 모척은 윤충 장군의 눈치를 살피며 뒷걸음질로 물러났다. 그 사이 죽죽이 휘두른 칼에 백제 군사들이 쓰러져 갔다. 죽죽도 몸에 더 많은 상처를 입었다.

동요: 상황 따위가 혼란스럽고 술렁임
의향: 마음이 향하는 바. 또는 무엇을 하려는 생각.

"그만, 모두 물러나라!"

윤충 장군이 큰 소리로 죽죽을 에워싸고 있는 백제 군사들을 뒤로 물렸다.

"죽죽, 이미 네 몸은 더 이상 싸울 힘이 없다. 그만 항복하라."

"나를 더 욕되게 하지 말고 어서 죽여라!"

죽죽이 칼을 지팡이 삼아 땅을 짚고 서서 윤충 장군을 노려보았다. 갑옷은 이미 찢어져 너덜거렸고 몸에서는 뜨거운 피가 흘러내렸다.

"허허, 참으로 아까운 사람 하나를 잃게 되는구나!"

윤충 장군이 칼을 서서히 뽑아 들었다. 꼭 다문 입술과는 달리 눈꺼풀이 가늘게 떨렸다.

"나를 원망하지 말게. 우리는 서로 나라를 지키는 장수일세. 백성과 나라에 충성을 다한 자네의 그 충절은 많은 사람들 기억에 오래오래 남을 것이네!"

윤충 장군은 안타까운 눈빛으로 칼을 높이 들어 다가오는 죽죽을 향해 내려쳤다. 이미 상처를 많이 입고 힘이 다 빠진 죽죽은 윤충의 칼을 막아낼 수 없었다.

"윽!"

칼을 놓친 죽죽은 가슴을 끌어안고 그 자리에 쓰러지고 말았다.

윤충 장군은 그 자리에 그대로 서서 쓰러진 죽죽을 내려다보았다.

"우리는 태어난 곳이 다르고, 바라보는 곳이 다를 뿐이지 자네의 그 정신,

그 마음은 나와 다를 바가 없네. 내 평생 잊지 못할 것이네. 잘 가시게!"

윤충 장군의 눈이 촉촉하게 젖었다.

"흑흑흑, 잘 가게!"

그때 백제군 안에서 훌쩍이는 소리가 들렸다.

윤충 장군이 뒤를 돌아보았다.

"그만하게. 장군께서 언짢아하시겠어."

모척이 윤충 장군을 힐끔힐끔 돌아보면서 눈물을 흘리는 검일의 팔을 붙잡고 흔들었다.

"그냥 두게. 적군과 아군을 떠나서 이런 장수를 만난다는 건 영광이네!"

윤충 장군의 말에 모척은 머쓱해하며 손을 옴츠렸다.

"자네들이 죽죽 장수의 시신을 수습해 주게."

윤충 장군은 쓰러진 죽죽을 향해 한숨을 길게 토해 낸 뒤 대야주 관아로 갔다. 윤충 장군을 따르던 백제 군사들도 그 뒤를 따랐다.

검일은 죽죽의 시신 앞에 쪼그려 앉아 눈물을 흘렸다.

"이 사람아, 그만하게. 적장의 죽음 앞에 어찌 눈물을 보이는가!"

모척이 검일의 등을 토닥였다.

"흑흑흑, 왜 이런 일이 벌어져야 하는지 모르겠군!"

검일은 죽죽의 시신을 안고 취적산 동쪽 자락으로 갔다. 볕이 잘 드는 산자락 대밭에도 대꽃이 드문드문 피어 있었다. 벼이삭이 고개를 숙이듯 대나무 가지 사이를 붙들고 축축 처져 있었다.

"허허, 여긴 벌써 꽃 진 자리에 열매가 맺혔어. 따뜻한 이곳에서 근심 걱정 다 버리고 편안하게 잠드시게!"

검일은 죽죽의 시신을 안고 대밭을 걸으며 실성한 사람처럼 중얼거렸다.

"이보시오. 안고 있는 사람이 죽죽 장수가 아니요?"

어떤 노인이 검일의 앞에 나타났다. 머리와 눈썹과 수염이 하얗고 얼굴이 붉은 노인이었다.

"그, 그렇소만……, 노인장은 뉘시오?"

검일이 움찔하며 뒤로 한 걸음 물러났다.

"허허허, 나야 대야주에 사는 사람이지요. 그런데 당신은 백제 장수인 듯한데 어째서 신라 장수의 시신을 안고 이 대밭에 들어온 거요?"

"저, 나, 나는……!"

검일은 할 말을 잃고 우물쭈물했다.

"그래도 부끄러운 줄은 아는가 보오. 하하하……!"

노인은 길게 한바탕 웃고는 검일을 노려보았다.

"이, 이보시오. 다, 당신은 누구요?"

"대야주 사람이라고 말했잖소. 당장 죽죽 장수의 시신을 그 자리에 내려 놓으시오!"

노인이 눈을 부릅뜨고 검일을 노려보았다. 인자해 보이던 눈빛은 사라지고 얼음장처럼 싸늘한 눈빛이 검일의 가슴을 찔렀다.

"노, 노인장······!"

검일은 눈을 껌벅이며 죽죽의 시신을 그 자리에 내려놓았다.

"당신 같은 사람은 저런 충신의 몸에 손끝도 댈 자격이 없소. 물러가시오!"

검일은 아무 말도 못하고 뒷걸음질을 치다가 돌아섰다.

'아니지, 내가 저런 노인의 말 한마디에 이렇게 물러나다니······!'

몇 발짝 걸어가던 검일이 뒤를 돌아보았다.

아, 그런데 이게 어찌된 일인가!

노인이 사라지고 없었다.

죽죽의 시신도 눈에 보이지 않았다.

"노, 노인장······. 내가 뭘 하고 있었지?"

눈 깜박할 사이에 사라진 노인, 그것도 죽죽의 시신까지 함께 사라진 사실을 검일은 좀처럼 믿을 수 없었다.

검일은 실성한 사람처럼 대밭을 휘젓고 찾아보았지만 작은 흔적 하나도 찾을 수 없었다. 한참 동안 대밭을 뒤지고 다니던 검일은 관아로 돌아갔다.

민심

철옹성이라고 일컬은 대야성이 백제군에게 함락되자, 신라의 대신들은 은근히 그 책임을 김춘추에게 돌렸다.

"품석이라는 자가 누군가, 춘추공의 사위가 아닌가!"

"그 품행을 익히 알고 있으면서도 대야성 성주로 보낸 게 큰 잘못이야!"

대신들은 물론 서라벌을 지키는 군사들까지 서로 만나기만 하면 대야성과 품석에 대한 이야기를 했다.

"그런 걸 보면 사지 죽죽은 우리 화랑의 본보기가 되는 인물이요!"

"어디 화랑의 본보기만 되겠습니까. 우리 신라의 큰 인물이 될 사람을 잃어서 원통할 따름입니다."

"춘추공은 뭘 한답니까?"

비담이 나섰다.

"지금 딸과 사위 시신을 돌려받기 위해 고민을 하고 있습니다."

대신들이 대답했다.

"대역죄인의 시신은 찾으면서 충신의 시신은 나 몰라라 하는 것은 무슨 경우입니까?"

비담이 알천공을 바라보았다. 눈빛이 예사롭지 않았다.

"비담, 진정하시오. 지금 우리끼리 이런 논쟁을 하고 있을 시간이 없소. 우선 대야성을 되찾은 뒤 그 문제를 의논하도록 합시다."

상대등 알천공은 술렁이는 대신들을 다독였다.

하지만 비담은 알천공의 말을 들으려 하지 않았다.

"상대등 어른, 이미 곪은 종기를 감싼다고 낫습니까? 환부는 도려낸 뒤 치료를 해야 합니다. 그래야 새살이 돋지요!"

비담의 눈빛이 불길처럼 이글거렸다.

"비담, 우선 대야성부터 되찾아야 하지 않겠소. 그런 뒤에 우리가 둘러앉아서 바꿀 것은 바꾸고, 고칠 것은 고칩시다."

환부: 병이나 상처가 난 자리.

"상대등 어른, 지금 김춘추는 김유신과 손을 잡고 이 신라를 독차지하려고 합니다. 대야성을 되찾은 뒤에는 이미 두 사람의 앞을 막을 길이 없을 것입니다."

"비담, 그러면 어떻습니까, 힘 있는 사람이 왕이 되면 오히려 나라가 더욱 강해질 텐데!"

"상대등 어른, 신라의 왕은 적어도 자식의 일로 나라의 운명을 도박판에 내놓지는 않아야 합니다."

비담은 조금도 굽히지 않았다.

알천공과 그렇게 헤어진 비담은 군사를 일으켰다. 난을 일으킨 것이다.

"왕을 바꿔야 합니다. 우리 신라에는 여자가 왕이 되어서 이웃 나라들이 얕잡아보는 것입니다."

비담은 선덕여왕을 몰아내고 자신이 왕이 되겠다고 했다. 하지만 신라의 대신들과 장수들은 그런 비담을 그냥 보고만 있지 않았다. 결국에는 김유신 장군이 군사를 일으켜 비담을 굴복시킴으로써 비담의 난은 끝이 났다.

비담을 물리친 김유신 장군은 대야성을 되찾기 위해 춘추공과 마주 앉았다.

"장군, 대야성을 되찾는 것도 중요하지만, 내 딸과 사위의 시신부터 찾아야 하겠습니다."

춘추공의 눈빛은 이미 이성을 잃은 맹수의 눈빛이었다.

"춘추공, 난 언제나 공의 편에 서서 생각하고 행동하는 사람이요. 우리가 남이 아니기 때문이지요. 하지만, 이번만큼은 조금 냉정하게 생각하고 시간을 조금 가져야겠소."

김유신 장군이 춘추공을 진정시키고 있었다.

"장군, 저 백제는 꼭 내 손으로 멸망시킬 것이오!"

춘추공은 오로지 딸과 사위의 복수만 생각하고 있었다.

"춘추공, 그러려면 우선 빼앗긴 대야성부터 되찾아야 합니다. 대야성은 우리 신라의 아주 중요한 성입니다. 저 성을 백제군이 차지하고 있는 한 우리는 늘 불안 속에 살아야 합니다. 이미 압량까지 백제군의 손길이 미친다고 하지 않습니까!"

겨우 춘추공을 진정시킨 김유신 장군은 알천공을 찾아갔다.

"상대등 어른, 춘추공이 지금 많이 슬퍼하고 있습니다."

김유신 장군은 춘추공과 나눈 이야기를 알천공에게 하며 대야성 문제를 의논했다.

"지난 일의 잘잘못은 나중에 따지더라도 지금 또다시 그런 잘못을 저질러서는 안 되오."

알천공도 빠른 시일 안에 대야성부터 찾아야 한다고 했다.

한편 대야주 백성들도 죽죽의 소식을 듣고 안타까워했다.

"얘기 들었어?"

"무슨 얘기?"

"죽죽 장수가 병사 몇 명을 데리고 백제군과 맞서다가 결국 목숨을 잃었다는구먼!"

"쯧쯧, 아까운 사람을 잃었군!"

"그것뿐이 아니래. 신라를 배신한 검일이 죽은 죽죽 장수를 묻어 주려고 시신을 안고 대밭으로 들어가다가 어떤 노인을 만났다는구먼!"

"그 노인이 누군데?"

"누군지는 모르고, 죽죽 장수의 시신을 놓고 가라는 노인의 말을 고분고분 들었는데 잠깐 고개를 돌린 사이 노인과 죽죽 장수의 시신이 감쪽같이 사라졌다는구먼!"

어느 새 대밭에 나타난 노인의 소문이 대야주 안에 쫙 퍼졌다.

"그런데 정말 검일이 대야성 성주가 된 거야?"

"백제에서 그렇게 결정을 했다는구먼."

"그러면 대야성은 백제의 성이야 신라 성이야?"

"글쎄, 두고 봐야겠지."

백성들 사이에서 죽죽과 대야성에 대한 이야기가 분분했다.

한편 서라벌에서는 또 다른 고민이 생겼다.

김춘추가 백제를 치기 위해 이성을 잃은 사람처럼 나부댔다.

"내가 고구려에 다녀오겠습니다."

김춘추가 고구려 연개소문을 만나겠다고 했다.

"위험한 일이요. 만약에 고구려에서 나쁜 마음을 먹는다면 춘추공은 못 돌아올 수도 있소."

상대등 알천공이 걱정을 했다.

"그만한 위험은 감수해야 합니다. 그러지 않고서야 어찌 백제를 짓밟을 수 있겠습니까!"

춘추공은 충혈된 눈으로 고집을 부렸다.

"춘추공, 지금 감정을 앞세워서는 안 돼요."

상대등이 김유신 장군을 돌아보았다. 하지만 김유신은 애써 상대등의 눈을 피했다.

"상대등 어른, 이 일에 제 감정이 전혀 들어있지 않다고는 말할 수 없지만, 이 기회에 삼한통일을 해야 한다고 봅니다. 그러니 마음을 모아 주십시오."

김춘추는 상대등 앞에 머리를 숙였다.

"상대등 어른, 춘추공이 신라를 위해 하려는 일인데 뜻을 함께 하시지요."

김유신까지 김춘추를 거들고 나섰다.

"허허, 이 일은 아주 냉정하게 생각하고 신중해야 하오!"

상대등 알천공은 김춘추가 고구려에 가서 지원을 요청하는 일보다 먼저, 신라 군사들의 힘으로 다시 대야성을 찾아야 한다고 말했다.

한편 대야성 성주가 된 검일은 손바닥 들여다보듯 눈에 익은 대야벌을 둘러보기 위해 군사 몇 명과 관아를 나섰다.

"에이, 반역자!"

"아니야. 제 마누라 빼앗기고 저러지 않을 사람이 몇이나 되겠어."

"그래도 나라를 팔아먹는 건 너무했지!"

"쉿, 이제 대야성은 백제의 성이 되었어. 저 사람도 백제 장수잖아!"

사람들은 입을 삐죽거렸다. 검일은 걸음을 멈췄다.

"장군!"

뒤따르던 병사가 검일의 앞에 섰다.

"그만 둘러보고 들어가자."

검일은 오던 길을 되돌아 다시 관아로 들어갔다.

"아니, 서라벌에서는 뭐하는 거야? 저런 반역자를 그냥 두고……!"

"죽은 성주가 너무했지 뭐!"

"맞아. 어느 사람이 자기 아내 빼앗기고 가만히 있겠어. 나 같아도 성주고 뭐고 간에 그냥 안 뒀겠다."

"그런 말 하지 마. 엄연히 나랏일과 개인의 일이 따로 있는데 그걸 구분 못하면 안 되지!"

"그럼. 저들끼리 다투고 싸운 결과가 이 모양 아닌가!"

사람들은 모이기만 하면 검일과 품석의 이야기로 설왕설래했다.

검일의 마음을 더욱 무겁게 하는 건 아이들의 노래였다. 누가 지었는지 모르는 노래가 대야주에 퍼졌다.

설왕설래(說往說來): 서로 말을 주고받으며 옥신각신함. 또는 말이 오고 감.

갈맷빛 이파리는 사철 내내 변함없고
곧기로 말을 하면 강철이 그러할까
비바람 추위 속에서도 꼿꼿이 서 있구나.

올곧은 절개를 꽃으로 피운 뒤에
하얗게 마른 잎이 바람에 흩날리면
봉황이 품고 앉아서 속울음 우는구나.

이 노래는 대야주 안에서 아이들이 모인 곳이면 어김없이 흘러나왔다.

"와우산 대밭에 봉황이 날아들었다는구먼!"

"그게 무슨 말인가? 봉황이라니, 그 새는 전설 속의 새잖은가?"

"검일이 죽죽 장수의 시신을 안고 대밭으로 들어갔다가 혼이 났다는구 먼!"

사람들은 대꽃이 핀 대밭에 봉황이 나타나서 죽죽 장수의 시신을 안고 사라졌다고 했다.

"장군, 대야주에는 이상한 소문이 나돕니다."

순찰을 돌던 백제군 병사들이 검일에게 말했다.

"무, 무슨 소리야? 그럴 리가 없어!"

검일은 대밭에서 만난 노인을 떠올렸다. 머리부터 눈썹과 수염까지 하얀 노인이었다. 거기다가 입고 있는 옷까지 흰색이었다. 얼굴만 빼고는 모두 하얀 노인이 분명했다.

"아니야, 그럴 리가 없어!"

검일은 얼굴을 감싸고 머리를 절레절레 흔들었다.

"음, 나는 부여로 가야겠어!"

검일은 대야주에 머물면서 성주 노릇 하는 것을 그만두기로 마음먹었다. 대야주 백성들의 입에 오르내릴 때마다 견디기 힘든 아픔과 무거움이 어깨를 짓눌렀던 것이다.

며칠 뒤 검일은 그렇게 대야성을 떠나 부여로 갔다.

되찾은 대야성

세월이 5년이나 흘렀다.

선덕여왕이 세상을 떠나고 진덕여왕이 뒤를 이은 지 2년이나 지난 어느 날이었다.

어둠 속에서 대야주를 향해 수백 명의 군사들이 은밀하게 접근하고 있었다. 김유신 장군이 이끄는 신라의 병사들이었다.

"여기서 잠깐 쉬어 가도록 한다."

김유신 장군은 대야성을 5리쯤 남겨 놓은 산길에 군사들을 쉬게 했다. 말을 탄 병사들이 두 줄로 달리면 딱 맞을 좁은 길가에는 가파른 언덕이 양쪽으로 길게 누워 있었다.

김유신 장군은 주변을 걸어서 둘러본 뒤에 몸이 재빠르고 전투에 경험이 많은 백여 명의 병사들과 활을 든 병사 백여 명을 뽑았다.

"자, 이쯤에서 너희들은 매복을 하고 있다가 나의 명령이 떨어지면 공격하라."

김유신 장군은 군사를 매복을 시킨 뒤 나머지 병사들을 데리고 대야성을 향해 진격을 했다.

"백제군은 들어라. 성문을 열고 항복을 하면 살려 줄 것이나, 그렇지 않으면 모두 무사하지 못할 것이다. 그러니 어서 문을 열고 항복하라!"

김유신 장군이 성곽을 향해 소리쳤다.

"뭐야, 천 명도 안 되는 군사로 우리를 치겠다고?"

성을 지키던 백제 군사들은 가소롭다는 듯 웃었다.

"당장 나가서 무찔러라!"

백제 군사 천여 명은 성문을 활짝 열어젖히고 우르르 쏟아져 나갔다.

"장군, 생각보다 쉽게 성문이 열렸습니다."

"그렇구나. 하지만 절대 우리의 전략이 노출되지 않도록 조심해야 한다."

김유신 장군은 은밀히 장수들에게 비밀을 유지하게 한 뒤 직접 앞으로 나섰다.

"겨우 그 군사로 우리를 상대하겠다고 왔느냐?"

백제 군사들은 가소롭다는 듯, 선봉에 선 김유신 장군을 향해 야유를 보냈다.

"길고 짧은 것은 대봐야 안다. 어디 붙어 보자!"

매복: 상대편의 상황을 살피거나 불시에 공격하려고 어느 공간에 몰래 숨어 있음.

김유신 장군이 신호를 하자 옆에 있던 장수들이 칼을 뽑아 높이 들고 진격 명령을 내렸다.

"오늘은 잃어버렸던 우리의 대야성을 찾아야 한다. 전군, 진격하라!"

공격 명령이 떨어지자 신라 병사들은 큰 소리로 함성을 지르며 앞으로 나갔다.

백제 군사들도 그 모습을 보고 그냥 있지 않았다.

"한 놈도 남기지 말고 모두 쓸어 버려라. 그리고 이 기세로 서라벌까지 진군한다."

백제 군사들은 기세등등한 모습으로 신라 군사들을 맞이했다.

이어서 창과 칼이 부딪치며 불꽃이 튀었다. 함성도 하늘을 찔렀다.

시간이 얼마나 흘렀을까, 신라 군사들이 점점 밀리기 시작했다. 부상자들도 속속 생겼다.

그 모습을 본 백제 군사들은 더욱 기가 살아서 맹공을 퍼부었다.

"몰아붙여라!"

백제 장수의 고함소리가 대야벌을 쩌렁쩌렁 울렸다.

"안 되겠다. 퇴각하라!"

"퇴각하라!"

신라의 군사들은 미리 정해 놓은 퇴각로를 향해 모두 달렸다.

"놓치지 마라!"

백제의 장수가 소리쳤지만, 이미 신라 군사들은 멀리 도망을 가고 있었다.

그렇다고 쉽게 포기할 백제군이 아니었다.

"어떻게 잡은 기세인데……, 안 되지. 제 발로 찾아온 놈들을 그냥 돌려보낼 수는 없지!"

백제군은 함성을 지르며 도망치는 신라군의 뒤를 쫓았다.

"이참에 서라벌까지 진군합시다!"

백제의 장졸들은 하늘을 찌를 듯한 기세로 신라군을 뒤쫓았다. 쫓기는 신라군들은 남정강 하류 쪽으로 달리다가 산길로 접어들었다.

"이리로 가면 어디야?"

"압량주로 가는 길입니다."

뒤를 쫓던 백제 장병들이 더욱 힘을 내어 신라군을 바짝 따라붙었다.

"어, 신라군이 어디로 사라졌지?"

앞서가던 신라군들은 그림자도 없이 사라졌다.

"그, 그만 쫓아라!"

선봉장이 말고삐를 힘껏 당겼다. 뒤따르던 병사들도 급히 걸음을 멈추었다.

"아, 위험하다!"

선봉장이 고개를 들어 둘러보았다. 그리 높지 않은 언덕이 양쪽으로 길게 늘어서서 길을 감싸고 있었다.

"돌아서라!"

하지만 이미 때는 늦었다.

"앞뒤를 막고 활을 쏴라!"

김유신 장군의 명령이 떨어지자 집채만 한 바위들이 굴러내려 백제 군사들의 퇴로를 막아 버렸다. 한마디로 말해서 독 안에 든 쥐 꼴이 되고 만 것이다.

"하하하, 이 미련한 놈들아. 우리가 너희들 보다 힘이 부족해서 도망을 친 줄 아느냐?"

골짜기 양쪽 언덕 위에는 신라군들이 매복을 하고 있었다.

"여기서 한 명이라도 빠져나가서 성에 알려야 한다!"

"장군, 이미 퇴각로는 물샐틈없이 막혀버렸습니다!"

백제군은 좁은 골짜기에 갇혀서 우왕좌왕 갈피를 못 잡았다.

이어서 화살이 소나기처럼 쏟아졌다. 백제 군사들의 비명이 골짜기를 가득 메웠다.

시간이 지날수록 백제군의 비명 소리가 점점 줄어들고 쏟아지던 화살도 잦아들었다.

"와아, 백제군을 모두 무찔렀다!"

"모두 백제군의 옷을 벗겨라!"

김유신 장군이 쓰러진 백제군의 옷을 모두 벗기게 했다.

"이 옷을 입고 대야성으로 간다. 백제군 깃발도 앞선 사람이 들어라!"

김유신 장군의 명령에 따라 신라군은 빠른 손놀림으로 옷을 갈아입었다. 누가 봐도 백제군이다.

"지금쯤 성문이 닫혔을 것이다. 그러니 우리가 도착해서 문을 열게 해야 한다. 대야성으로 진군하라!"

김유신 장군은 군사들을 다시 모아 대야성을 향해 달렸다.

"어, 저기 우리 군사들이 돌아온다!"

"성문을 열어라!"

망루에서 지키고 있던 백제 병사가 큰소리로 알렸다.

"이게 무슨 소린가?"

마침 부여에서 검일과 모척이 도착했다. 보급품 전달과 교대 근무를 위해 다시 대야성에 온 것이다.

"성 앞까지 와서 집적이는 신라군들을 쫓아갔던 우리 군사들이 돌아온답 니다."

"뭐야, 신라군을 뒤쫓았다고?"

검일이 펄쩍 뛰었다.

"그래 몇 명이 출전을 하였느냐?"

얼굴빛이 하얘진 모척이 물었다.

"1천 명이 뒤를 쫓았습니다."

"아뿔싸, 우리가 한발 늦었구나! 얼른 성문을 굳게 닫아라!"

검일이 소리쳤다.

"예, 앗, 우리가 속았습니다!"

백제 군사 복장을 한 신라 군사들은 이미 대야성 안으로 들어와서 백제군들을 닥치는 대로 해치우고 있었다.

"이러고 있지만 말고 어서 막아라!"

하지만 이미 전의를 잃은 백제군은 신라군을 막지 못했다. 김유신 장군을 앞세운 신라군의 기상은 하늘을 찌를 것 같았다.

"백제 장수는 당장 나와서 무릎을 꿇어라!"

관아까지 밀고 들어온 신라군은 주위를 에워쌌다.

한참 뒤 검일과 모척이 나타났다.

"네놈들이 나라를 팔아먹은 놈들이냐?"

김유신 장군이 큰 소리로 꾸짖었다.

"정작 나라를 팔아먹고 백성을 농락한 인물은 따로 있소이다!"

검일이 당당하게 나섰다.

"네놈이 그래도 할 말이 있어서 입을 여느냐?"

"이 일에 원인을 제공한 사람의 죄는 덮어 버리고 우리에게만 죄를 뒤집어씌울 참이요?"

"이유야 어찌 되었든 네놈들이 이 대야성을 백제에 내주었으니, 그 죄는 어떤 말로도 면하지 못할 것이다!"

김유신 장군은 두 사람을 내려다보고 호통을 쳤다.

그때 신라 장수 한 사람이 김유신 앞에 허리를 숙이며 나타났다.

"장군, 김춘추공이 오셨습니다."

"오, 그래! 안으로 모시고, 이놈들은 하옥하라!"

김유신 장군은 서둘러 관아 안으로 들어갔다.

복수의 눈빛

    서로 마주 앉은 김춘추와 김유신은 당나라 이야기를 하며 담소를 나누었다.

    "곧 삼한통일이 이루어질 것입니다."

    "공의 바람대로 척척 진행이 되는군요."

    "이 모든 게 장군의 힘입니다."

    "웬걸요. 공이 그동안 얼마나 수고를 많이 하셨습니까? 고구려의 연개소문을 만나 고생을 하셨고, 그 먼 당나라에 가서 또 얼마나 마음을 졸였습니까!"

    두 사람은 시간 가는 줄 모르고 이야기를 나누었다.

    "아참, 검일과 모척 그 두 놈을 붙잡았습니다."

    "그, 그래. 그놈들은 어디 있습니까?"

    김춘추의 눈빛이 싸늘해졌다.

"너무 흥분하지 마시오. 그 놈들은 옥사에 가두어 놓았습니다."

김유신은 백제에 있는 김품석과 고타소랑의 시신부터 찾아야 한다고 했다.

"어떻게 하면 두 사람의 시신을 돌려받을 수 있겠습니까?"

김춘추가 김유신 앞으로 바짝 당겨 앉았다.

"이번에 대야성을 되찾으면서 붙잡은 백제 장수 여덟 명과 교환하자고 하면 될 겁니다."

"혹시 그 가운데 검일과 모척도 포함이 됩니까?"

김춘추의 목소리가 높아졌다.

"아니요. 검일과 모척은 그렇게 풀어 줄 수 없지요."

그렇게 대야성을 되찾은 김유신은 사로잡은 백제 장수 여덟 명과 김품석, 고타소랑의 시신을 교환하자는 서신을 백제에 보냈다.

며칠 후 백제에서 포로 교환에 응하겠다는 연락이 왔다.

그런 움직임을 알게 된 검일과 모척은 희망을 가졌다.

"우리도 포로 교환에 포함되겠지?"

"그럼. 백제에서 우리를 그냥 두겠어?"

검일과 모척은 스스로 자신들의 공을 높이 평가하면서 한 가닥 희망을 가졌다.

"음, 저기 김유신 장군이 나타났어."

모척이 검일의 옆구리를 쿡쿡 찔렀다.

"지금부터 포로로 붙잡힌 백제의 장수들은 백제로 돌려보내겠다. 백제 왕이 직접 그 이름을 알려왔다."

김유신은 백제 장수 여덟 명을 감옥에서 끌어냈다.

"우, 우리는 왜 여기 붙잡아 두는 거요?"

모척이 팔뚝만한 문살을 붙들고 소리쳤다.

"네놈들은 백제에서도 소용이 없는 모양이구나!"

"그럴 리가 없소. 그 명단을 다시 보시오!"

모척은 몸부림을 치며 옥문 문살에 매달렸다.

하지만 김유신은 백제 장수 여덟 명만 데리고 나가 버렸다.

"우린 분명히 백제 장수요!"

모척이 문살 틈으로 얼굴을 내밀고 소리쳤다.

하지만 김유신은 감옥 바깥에 판문을 소리가 나도록 닫아버렸다.

"이 사람아, 우린 이미 백제와 신라에 버림받은 사람들이야!"

"아니지. 백제는 우리 때문에 대야성을 함락하고 서라벌까지 넘보게 되지 않았는가!"

모척은 몸부림을 쳤다.

"그만하게!"

검일은 눈을 지그시 감고 벽에 등을 기댔다. 모든 걸 내려놓은 듯 오히려 편안해 보였다.

문살: 문의 뼈대가 되는 나무막대나 조각.
판문: 널문. 널빤지로 만든 문.

한편 대야주 관아에 머물던 김춘추는 서라벌로 떠날 준비를 하고 있었다.

"춘추공, 지금 사신을 보냈습니다."

김유신 장군이 방에 들어섰다.

"고맙습니다. 늦게나마 그 아이들의 시신을 찾을 수 있어서 서라벌로 가는 나의 발걸음이 가벼울 것 같습니다."

"꼭 찾아야지요. 더 많은 대가를 치르더라도 그 아이들의 시신은 꼭 찾을 겁니다."

"허허, 그러고 보니 고타소랑이 장군께 생질녀가 되는구려."

"우리가 너무 바쁘게 살았나 봅니다. 저도 그 아이가 춘추공의 여식으로만 여기고 살았으니, 저승에서 얼마나 나를 원망했을까요."

"그래도 우리는 남이 아니니 얼마나 다행한 일입니까? 아무튼 장군은 제게 큰 힘이 되는 분입니다."

"저도 그런 걸요. 우리가 이렇게 살기 위해 가족이 된 것 아닙니까."

두 사람은 한참 동안 이야기를 주고받으며 서로의 마음을 확인하는 시간을 가졌다.

"뒷일은 장군께서 정리를 잘해 주십시오."

"그러지요. 공도 모든 일을 한꺼번에 이루려고 애쓰지 마시오."

"장군만 믿고 저는 서라벌로 갑니다."

"아이들 시신이 돌아오면 검일과 모척을 함께 보내겠습니다."

생질녀: 누이의 딸을 이르는 말.

김춘추는 그렇게 서라벌로 돌아갔다. 그 뒤 백제에 갔던 사신이 돌아오고 포로와 김품석 내외의 시신을 교환했다.

김유신은 두 개의 관을 열어 백골이 된 고타소랑과 품석의 시신을 보고 눈물을 흘렸다.

"그렇게도 영특하던 네가 이런 모습으로 나타나다니……, 이 외숙의 가슴이 찢어지는데 네 부모의 마음은 오죽할까!"

김유신 장군은 고타소랑과 김품석의 시신을 서라벌로 보냈다. 감옥에 가두어 두었던 검일과 모척도 함께 보냈다.

한편 서라벌에서는 김품석 부부의 시신이 돌아온다는 소식을 듣고 술렁이기 시작했다.

"춘추공이 고타소랑을 무척 사랑했나 봐?"

"그러니까 몇 년 동안 딸의 시신을 돌려받기 위해 그렇게 애를 썼지."

"그것 때문에 백제를 꼭 멸망시키겠다고 한다는데, 그게 사실일까?"

"에이, 설마 자기 딸의 원수를 갚기 위해 그런 모험을 해!"

사람들은 만나면 김춘추 일가의 이야기를 했다.

"여보, 애들이 온다는데 어미가 마중이라도 해야지요?"

춘추공의 아내 문희다. 사랑하는 딸을 잃은 뒤부터 방에만 들어앉아 슬픔에 잠겨 살았다. 오빠인 김유신 장군이 찾아와도 만나지 않았다.

그런 사람이 딸의 시신이 돌아온다니까 몸단장을 했다.

"나가서 맞이하는 건 좋으나, 이제 너무 슬퍼하지 마시오. 이미 오래전에 우리 곁을 떠난 아이들이지 않소."

"예, 그렇게 하지요. 사람 하나 잘못 만나서 마음 고생하다가 결국 이렇게 된 게 분할 뿐입니다."

고타소랑의 어머니이자 춘추공의 아내인 문희는 몸을 부르르 떨었다.

"이제 그만 미워합시다."

두 사람은 이미 백골이 된 고타소랑과 품석의 시신이 든 관을 안고 눈물을 흘렸다.

"내 이놈들을 가만두지 않겠다!"

딸과 사위의 관을 쓰다듬으며 슬퍼하던 춘추공이 고개를 들었다. 눈물에 젖은 두 눈이 벌겋게 충혈이 되어 있었다.

"모척과 검일은 어디 있느냐?"

부릅뜬 춘추공의 붉은 눈은 먹이를 노리는 맹수의 눈과 같았다.

"감옥에 가두어 놨습니다."

"당장 끌고 나오너라!"

병사들이 달려가서 두 사람을 끌고 왔다. 밧줄에 꽁꽁 묶인 채 끌려온 두 사람은 춘추공 앞에 무릎을 꿇렸다.

"네놈들의 죄를 말하지 않아도 알겠지?"

춘추공이 화를 억누르며 짧게 말했다.

"어찌 우리의 죄만 묻는 것이요?"

검일은 품석의 잘못을 들어 따지듯 말했다.

"나라를 팔아먹은 놈이 어디서 큰 소리야!"

춘추공이 몸을 부르르 떨며 호통을 쳤다.

"하하하, 나라를 팔아먹었다고 했습니까? 공께서 그런 말씀 하시면 안 되지요."

"그게 무슨 말이냐?"

"춘추공께서는 지금 딸과 사위, 그것도 비겁하고 비굴한 사위의 복수를 위해 삼한통일이라는 허울 좋은 말로 나라를 걸어 도박 같은 전쟁을 일으키려 하지만, 나는 아내의 복수를 위해 고작 작은 성 하나를 걸었을 뿐입니다. 죄를 물으려면 공의 죄부터 스스로 물은 뒤 나의 죄를 묻는 게 마땅한 일이 아니겠습니까?"

이미 죽음에서 벗어날 수 없다는 걸 잘 아는 검일의 얼굴빛은 오히려 편안해 보였다.

"저, 저놈을 당장 처형하라!"

검일의 말에 춘추공은 두 주먹을 쥐고 부르르 떨며 소리쳤다.

"춘추공, 나는 딸과 사위의 복수에 눈이 뒤집힌 당신의 손에 죽는 것보다 신라의 법 앞에서 떳떳하게 죽고 싶소!"

검일이 고개를 들고 당당하게 말했다.

"네놈이 부끄러운 줄도 모르고 어디서 신라의 법을 찾아!"

춘추공이 분을 이기지 못하고 두 주먹을 불끈 쥐며 발을 탕탕 굴렀다.

"부끄러움을 모르기는 당신도 마찬가지지요."

죽음을 각오한 검일의 입에서는 말이 거침없이 쏟아졌다.

"춘추공, 너무 흥분하지 마시오. 저런 인사를 붙들고 무슨 말을 그리 많이 하오!"

상대등 알천공이다. 알천공 역시 검일을 만나기 위해 나왔던 것이다.

"상대등 어른, 여기까지 어쩐 일이십니까?"

"음, 나도 저 인사에게 물어볼 말이 있어서 왔소."

상대등 알천공은 고개를 끄덕이며 주위를 둘러보았다. 눈길을 받은 장졸들은 고개를 숙여 예를 갖추었다. 춘추공을 대할 때와는 사뭇 달랐다.

"자네가 검일인가?"

알천공이 검일을 내려다보고 물었다.

"그렇소. 내가 대야성 문을 열게 만든 검일이요."

"그 일은 다 아는 사실이고……, 그래 대야성을 지키다가 전사한 죽죽의 시신을 네가 거두었다고 들었다. 그게 사실이냐?"

"저, 그건……, 대, 대밭에서……."

갑자기 검일의 눈이 붉게 충혈이 되면서 말을 잇지 못했다.

"들리는 소문에는 어떤 노인에게 맡겼다고 하던데, 그 말이 맞느냐?"

"예, 그게……, 사, 사실입니다."

검일은 고개를 깊이 숙이며 죽죽 장수의 시신을 안고 대밭으로 들어가다가 노인을 만난 이야기를 자세히 풀어 놓았다.

"아니, 그럴 수도 있어?"

"그러면 그 노인은 귀신……?"

"에이, 친구를 잃은 슬픔에 헛것을 본 거겠지."

둘러선 병사들이 숙덕거렸다.

"그래, 그 뒤에도 죽죽의 시신을 찾아보았더냐?"

장졸: 장수와 병졸을 아울러 이르던 말.

알천공의 목소리가 높아지며 눈꺼풀이 파르르 떨렸다.

"예, 흔적도 찾지 못했습니다. 흑흑흑……!"

검일이 흐느꼈다.

"왜 우느냐?"

"비록 뒤에는 서로 적이 되어 싸웠지만, 참 좋은 동무였습니다."

검일은 여전히 고개를 숙인 채 눈물을 흘렸다.

"너는 내일 네가 원하는 신라의 국법대로 다스릴 것이다!"

알천공은 춘추공을 데리고 그 자리를 떠났다.

흔적

    검일과 모척을 처형한 뒤 서라벌이 조금 안정이 되는가 싶었는데,
왕이 위독했다.

    "상대등, 내가 죽으면 이 나라를 맡아 주시오."

왕은 자리에 누워서 알천공에게 당부를 했다.

"폐하, 어찌 그리 약한 말씀을 하십니까? 훌훌 털고 일어나셔서 다시 이 나라를 어머니처럼 보듬어 주셔야지요."

알천공이 머리를 흔들며 슬퍼했다.

"아니요. 나에게 후사가 없는 탓도 있지만, 무엇보다 우리 신라를 가장 잘 알고 덕을 갖춘 분이 알천공이요. 군신들까지도 모두 그렇게 여기고 있는 것으로 압니다만…….."

진덕여왕은 알천공의 손을 꼭 잡았다.

"폐하, 제 나이도 벌써 여든이 넘었습니다. 우리 신라를 이끌어가기에는 저도 너무 늙었습니다. 그리고 제게는 아직 손자가 없어서 걱정을 하던 차에 며칠 전 꿈에 24대조인 소 벌자 할아버지께서 이사를 하라는 현몽을 하셨습니다."

"그 분이 누구십니까?"

"예, 그 분은 박혁거세 왕을 도와 신라를 건국한 6부 촌장 가운데 한 분인 고허촌장을 지내셨던 분입니다."

"맞아요. 고허촌장 소벌도리께서 상대등의 조상님이시죠. 그렇다면 더더욱……!"

진덕여왕은 힘없는 목소리로 알천공에게 다시 한번 왕의 자리를 맡아달라고 부탁을 했다.

후사: 대를 잇는 자식.

현몽: 죽은 사람이나 신령 따위가 꿈에 나타남. 또는 그 꿈.

소벌도리: 원시 신라를 구성한 육촌(여섯 지역) 중에 하나인 고허촌의 촌장이다. 고려 시대에 김부식이 쓴 역사책 《삼국사기》에는 '소벌공'으로 소개돼 있다.

"폐하, 우리 신라는 젊은 패기와 힘이 필요합니다."

알천공은 자신보다 젊은 사람이 왕이 되어야 한다고 말하면서 춘추공을 추천했다.

그 일이 있고 며칠 뒤, 왕은 세상을 떠났다. 선덕여왕에 이어 신라를 다스린 진덕여왕이 서거를 한 것이다. 나라가 온통 슬픔에 빠졌다. 군신들도 장례 의식에 따라 분주하게 움직였다.

"화백 회의를 열어 왕을 추대해야 합니다."

"그렇습니다. 왕의 자리는 한시도 비워 둘 수 없습니다."

재상들의 바람대로 화백회의가 열렸다.

"오늘은 왕으로 모실 분을 결정지어야 합니다."

모인 재상들은 모두 상대등 알천공을 쳐다보았다.

"흠흠, 모두 내가 먼저 말을 꺼내기를 바라는 것 같습니다?"

"그런 게 아니라, 공을 왕으로 추대하려고 합니다."

그 말에 알천공은 손을 들어 말을 막은 뒤, 천천히 입을 열었다.

"폐하께서 돌아가시기 전에 그 말씀이 있었습니다. 하지만, 내 나이 올해 여든일곱 살입니다. 이 나이면 쉬어야 하지 않겠습니까? 그 대신 내가 한 사람 추천하고자 합니다."

알천공은 천천히 모인 사람들을 둘러보았다. 모두 눈을 깜박이며 알천공의 입만 바라보고 있었다.

화백: 신라 때, 나라의 중요하고 큰일을 의논하던 회의 제도.
추대: 윗사람으로 떠받듦.

"춘추공을 왕으로 추대합니다. 젊은 패기를 보나 외교 활동을 보나 춘추공이 왕위에 올라야 한다고 봅니다."

상대등 알천공의 말에 아무도 반대하는 사람이 없었다.

"나는 이미 나이가 많아 나랏일을 볼 수 없으니, 서라벌을 떠날까 합니다. 그리고 내 이름도 소알천에서 소경으로 바꾸었답니다."

"서라벌을 떠나시다니요?"

"어디로 가시려고요?"

재상들이 놀라 소리쳤다.

"거열주로 떠날까 합니다. 거기는 두류산이 있어 풍광이 좋은 곳입니다."

소경으로 이름을 바꾼 소알천공은 그 길로 집에 돌아와서 조용히 짐을 꾸렸다.

며칠 뒤 서라벌을 떠나는 몇 대의 수레가 있었다. 이삿짐을 실은 수레였다.

"신라의 상대등을 지내신 분의 이삿짐이 참으로 단출하구나."

"집과 재산 대부분은 나라에 바쳤다는구면!"

가솔 몇 명과 짐을 실은 수레를 보고 서라벌 백성들은 고개를 끄덕였다.

그렇게 길을 떠난 소경공은 대야주에 도착했다.

"모두 여기서 쉬어가도록 하라!"

소경공은 검일이 알려 준 대야성이 자리잡은 취적산 동쪽 대밭이 있던 곳으로 발길을 옮겼다. 죽죽 장수의 흔적을 찾으려는 것이다.

단출: 일이나 차림이 간편함.

거열주: 현재의 경상남도 진주시.

"음, 대밭이 없어졌지 않은가? 맞다. 그때 대꽃이 피었다고 했지. 그러나 저러나 어찌 이런 일이 있을 수 있어! 사람의 시신이 눈앞에서 사라지다니……, 아니야, 틀림없이 어딘가에 있을 거야. 아, 처음부터 죽죽이 나를 만나지 않았다면……!"

소경공은 횡설수설했다. 몸놀림도 점점 바빠졌다.

"여기서 무엇을 찾는 거요?"

어떤 노인이 나타났다. 머리가 하얗고, 옷도 하얗다. 얼굴만 불그스름할 뿐 온몸이 하얗다.

"노인은 누구십니까?"

"나야 대야주에 사는 사람입니다만……, 오, 상대등께서 오셨군요!"

노인은 소경공을 알아보았다.

"저, 저를 아십니까?"

"그럼요. 나도 신라 사람인데 왕의 자리까지 오를 뻔했던 분을 어찌 모르겠습니까?"

신라의 재상들만 아는 일을 노인이 알고 있었다.

"그, 그것을 어떻게……?"

소경공으로서는 놀랄 일이다.

"그것보다……, 공께서 어찌 이 외진 곳까지 오셨습니까?"

"여기가 대밭이었던가요?"

"예, 대밭이었지요. 하지만 안타깝게도 대꽃이 피고 진 뒤에 대나무들이 모두 말라죽고 말았답니다."

노인은 대밭이었던 취적산 자락을 눈길로 가리키며 말을 이었다.

"그런데 공께서는 왜 대밭을 찾습니까?"

"예, 내가 아끼는 한 사람이 여기서 사라졌다기에……!"

소경공은 말을 하다 말고 노인을 뚫어지게 바라보았다. 분명히 검일이 말한 그 노인이 틀림없었다.

"사람이 사라지다니요. 그럴 리가……? 신선이라면 몰라도……!"

노인은 빙그레 웃으며 소경공을 훑어본 뒤 다시 말을 이었다.

"공께서 그 사람을 왜 찾는 겁니까?"

"그 사람은……!"

소경공은 죽죽과의 관계를 말했다.

"오호, 그런 인연이 있었군요."

노인은 뒤를 돌아보며 한 곳을 가리켰다.

"저기를 보십시오."

"오, 대나무가 모두 말라 죽은 게 아니었군!"

소경공은 노인이 가리키는 곳에 이파리를 나부끼는 작은 대나무 한 그루를 보고 소리쳤다.

"대나무는 그리 쉽게 없어지지 않습니다."

"저 작은 대나무 한 그루가 다시 이 대숲을 무성하게 할 겁니다."

노인은 죽죽의 영혼이 대나무 숲을 이루며 오래오래 대야성을 지킬 것이라는 말을 남기고는 연기처럼 사라졌다.

소경공은 무엇에 홀린 사람처럼 한참 동안 그 자리에 서 있었다.

"어르신, 여기서 뭘 하십니까?"

소경공은 흠칫 놀라며 뒤를 돌아보았다.

"음, 등도였구나."

평생 동안 소경공의 그림자처럼 따라다녔던 무사 등도였다.

"이곳이 몇 년 전까지 대밭이었다는 게 믿어지지 않습니다."

"그렇구나. 하지만 저것을 보아라."

소경공이 가리키는 곳에는 대나무 한 그루가 서 있었다.

가늘지만 하늘로 곧게 뻗은 것이 어느 바람에도 휘지 않을 것 같았다.

"어르신 몇 년 뒤에 와 보면 대밭이 무성하겠습니다."

"그렇겠지?"

소경공은 눈을 지그시 감았다가 천천히 뜨면서 등도를 넌지시 바라보았다.

"어르신 왜 그러십니까? 제 얼굴에 뭐라도 묻었습니까?"

등도는 자신의 얼굴을 만져 보았다.

"아, 아니다. 그러고 보니까 너도 많이 늙었구나!"

"아닙니다. 어찌 어르신 앞에서 늙었다고 할 수 있습니까!"

등도는 얼굴을 붉히면서 뒤로 물러섰다.

"가자. 이제 이 세상 사람이 아닌데, 찾아서 무엇 하겠느냐!"

소경공은 혼잣말로 중얼거리며 수레가 기다리는 큰길로 나갔다.

등도도 그 뒤를 따랐다.

"편안히 쉬게. 자네의 충절은 대나무 꽃이 피고 지기를 수백 번 거듭한 후대에 더 빛이 날걸세!"

남정강을 건너 거열주 쪽으로 걸어가던 소경공이 걸음을 멈추고 대야성을 돌아보았다. 그의 눈가가 촉촉하게 젖어 있었다.

대야성 낭수 죽죽

출간일 2015년 8월 20일

지은이 소민호
펴낸이 은보람
펴낸곳 도서출판 달과소
출판등록 2010년 6월 21일 제2010-000054호
주소 우) 140-902 서울시 용산구 후암동 403-15
전화 02-752-1895 | **팩스** 02-752-1896
전자우편 book@dalgwaso.com
홈페이지 www.dalgwaso.com

정가 12,000원
ISBN 978-89-91223-66-0 [73810]